O ÚLTIMO GOZO DO MUNDO

BERNARDO CARVALHO

O último gozo do mundo

Uma fábula

Copyright © 2021 by Bernardo Carvalho

Grafia atualizada segundo o Acordo Ortográfico da Língua Portuguesa de 1990, que entrou em vigor no Brasil em 2009.

Capa
Daniel Trench

Imagem de capa
Kalimba, de Marina Rheingantz, 2018. Óleo sobre tela, 300 × 550 cm.
Reprodução de Eduardo Ortega.

Preparação
Márcia Copola

Revisão
Luciane H. Gomide
Angela das Neves

Os personagens e as situações desta obra são reais apenas no universo da ficção; não se referem a pessoas e fatos concretos, e não emitem opinião sobre eles.

Dados Internacionais de Catalogação na Publicação (CIP)
(Câmara Brasileira do Livro, SP, Brasil)

Carvalho, Bernardo
　O último gozo do mundo : Uma fábula / Bernardo Carvalho. — 1ª ed. — São Paulo : Companhia das Letras, 2021.

　ISBN 978-65-5921-036-7

　1. Ficção brasileira I. Título.

21-56983	CDD-B869.3

Índice para catálogo sistemático:
1. Ficção : Literatura brasileira　　B869.3

Cibele Maria Dias – Bibliotecária – CRB-8/9427

[2021]
Todos os direitos desta edição reservados à
EDITORA SCHWARCZ S.A.
Rua Bandeira Paulista, 702, cj. 32
04532-002 — São Paulo — SP
Telefone: (11) 3707-3500
www.companhiadasletras.com.br
www.blogdacompanhia.com.br
facebook.com/companhiadasletras
instagram.com/companhiadasletras
twitter.com/cialetras

I. O fim do mundo como eles o conheceram

1.

A última coisa que ela podia imaginar era que ele esperasse dela uma mulher leve e despreocupada. Não foi assim durante os vinte anos que passaram juntos, não seria agora, aos trinta e nove, em meio a uma quarentena, quando tudo é espera sem futuro. Ele esperou o isolamento social ser decretado para comunicar que não podia continuar ao seu lado. Foi uma surpresa saber que ele tinha descoberto a felicidade justamente enquanto ela estivera fora dando aulas. E, no entanto, não faltavam indícios. Fazia mais de um ano que o sexo entre eles se convertera num esforço que nenhum dos dois estava disposto a fazer.

Não poderia haver talvez dúvida na decisão e ambiguidade no sentimento? Não. A presença dela o oprimia, sua guerra contra a injustiça do mundo o perturbava. Vivia com ela em estado de alerta, como se tudo estivesse a ponto de explodir e ela sempre à espera da pior das crises, que agora, por ironia, pegava-a desprevenida. Longe dela ele percebeu que o problema não era dele. Não eram dele nem a tensão nem a ansiedade, ele insistiu. Longe dela compreendeu que podia ser feliz sozinho.

Pela primeira vez em vinte anos despediram-se sem contato físico, como pedia o bom senso no combate à peste. Mas bastou ele sair e fechar a porta para ela entender a redundância insensata do abandono no confinamento: a perspectiva da solidão, como se já não bastasse, justificada por uma ameaça exterior, física, mortal e invisível.

Tinha voltado do exterior para a vida ao lado de um homem que já não a queria, embora à distância tivesse declarado seu amor até o último minuto, por telefone, talvez pela inércia do hábito (estavam juntos desde o fim da adolescência) transformado em culpa e compaixão. No curto intervalo entre a volta e a ruptura, entretanto, ela ainda teve tempo de realizar um plano antigo e assistir ao curso de uma crítica literária que, mais de uma vez em eventos dos quais também ela participara como conferencista, havia ridicularizado seus romances escritos sob pseudônimo, sem saber que estava na presença da autora. Teve tempo de assistir apenas à primeira aula. A universidade foi interditada no dia seguinte, depois de um aluno de direito e outro de engenharia, ambos com a forma grave da doença, confirmarem a presença do vírus no campus. O fechamento da universidade coincidiu com o início da quarentena.

Uma coisa inédita e inesperada, contudo, ocorreu naquela aula, enquanto ela ouvia a crítica literária achincalhando passagens de um de seus romances assinado com pseudônimo masculino. O curso, na verdade uma oficina de criação literária, propunha-se a desconstruir uma série de imposturas e engodos contemporâneos — o seu romance entre eles — e ela esperava colher, da situação improvável de sua presença como autora incógnita entre os alunos, inspiração e material para um futuro projeto picaresco. Nunca escrevera nada cômico. Seria sua chance de provar que também tinha humor. A professora lia trechos do livro em voz alta e, supondo que tivesse sido escrito por um homem, zombava da incapacidade do autor para lidar com tudo o que não se referisse ao próprio sexo, entre olhares de cumplicidade e piscadelas lançadas à colega (e autora) impassível entre os estudantes: "Vejam só do que é capaz a imaginação masculina! O que um homem pode pensar de uma mulher! Atentem para o vocabulário. Até onde vai o ridículo da sua fantasia?!".

Nessa hora, justamente, um rapaz ruivo que ela havia notado ao entrar e com quem vinha trocando olhares furtivos percebeu que ela não tinha o livro e convidou-a a seguir a leitura no exemplar dele. Foi a confirmação de uma correspondência para ela inconcebível àquela altura: flertar com um estudante quinze anos mais jovem, sentar ao seu lado, enquanto ele acompanhava com o indicador roído as frases que ela havia escrito quando tinha a idade dele, protegida por um pseudônimo que agora era destroçado, na leitura implacável da professora.

Foi de fato uma sensação inédita de transgressão e liberdade — ele não era seu aluno, podiam fazer o que bem entendessem, sem a sanção das regras de conduta e das hierarquias acadêmicas; ela dava aulas em outra faculdade, estava ali de ouvinte, em princípio para prestigiar a colega obcecada por seus livros sem saber que eram seus —, uma liberdade vizinha da loucura que os possuiu depois da aula, depois de ela oferecer carona ao estudante, quando caminhavam para o estacionamento por um dos bosques da universidade e se atracaram de repente, indiferentes ao risco não só de serem flagrados em público, mas de acabarem vítimas de um assalto, que também não podia ser descartado ali ao cair da noite. Sem que pudessem saber, consagravam naquele instante o fim de uma era. Ali terminava o mundo como o conheceram.

Não marcaram nada. Não disseram seus nomes. Não trocaram telefones nem e-mails. "O desconhecido é combustível da fantasia", a professora havia pinçado, poucas horas antes, dentre os clichês do romance em suas mãos. Para a autora a graça daquele mal-entendido só confirmava a vantagem de nunca ter assumido o que publicava fora da carreira acadêmica. Ela era socióloga. Com o próprio nome, assinava textos de sociologia. Assim como os heterônimos abriam-lhe novas possibilidades romanescas em princípio incompatíveis entre si, um projeto literário picaresco por exemplo, o anonimato permitia-lhe realizar algo ainda mais improvável e inesperado, consumar uma fantasia adolescente reprimida, entregando-se a um jovem desconhecido. Ninguém podia associá-la à autora de ficção, atribuir-lhe uma identidade literária, confiná-la a um estilo, aos romances que escrevera. Da mesma forma, não era ela quem estava ali com o estudante, num estacionamento da universidade. Era a encarnação de uma fantasia adiada. A desvantagem do anonimato, naquele caso pelo menos, e sem que ela pudesse prever, era tornar o futuro impraticável. Em silêncio, os dois contavam com a aula seguinte, que nunca houve. Apanhados de surpresa pela quarentena, cada um seguiu seu caminho sem saber mais nada um do outro.

Àquela altura, ela ainda achava que fosse ou pudesse ser feliz no casamento (só dias depois o marido lhe anunciaria a decisão de abandoná-la), e por isso aceitou sem arrependimento, e até com um certo descuido, a possibilidade do sexo casual, sem futuro nem consequência, mas também podia ser que parte do que ela sentia como liberdade e transgressão já pertencesse ao fim do mundo, à intuição difusa de uma ruptura conjugal iminente.

Nos meses seguintes, depois de entender a dupla dimensão do seu isolamento, a consciência do fim de uma vida que por anos lhe parecera definitiva, agora assombrada pela progressão descontrolada da doença e dos números extraoficiais de mortos e infectados (os oficiais eram subnotificados pelo governo), descobriu que estava grávida. Mesmo se o aborto fosse legal no país, e não objeto da hipocrisia mais obscurantista, teria sido difícil e arriscado encontrar ajuda durante o auge da crise sanitária, quando os hospitais trabalhavam no limite de sua capacidade ou além dela. As regras de confinamento e os riscos de contágio mantiveram-na num estado mórbido de negação, e ela preferiu ficar longe de médicos e clínicas, à exceção de um exame colhido em casa, assim que suspeitou da gravidez, para afastar a hipótese de alguma doença contraída naquele encontro casual na universidade. Para completar, além do marido que a abandonara, perdeu a mãe e o pai nos primeiros meses da pandemia. Viu-os pela última vez quando foram levados de ambulância por enfermeiros que mais pareciam escafandristas. Não estava preparada para perder mais ninguém. Que dizer abrir mão de uma promessa de continuidade?

2.

Com o isolamento, tudo ficou mais fragmentário. As notícias eram o único rumor da realidade comum, que resistia como um miasma ou um eco distante. Ficou difícil terminar de ler um romance, chegar ao final de um filme, ouvir uma conversa até o fim. A leitura do mundo tornou-se descontínua e episódica. O entendimento foi reduzido a capítulos, flashes e cenas que não chegavam a compor um todo. Tudo o mais era demasiado exaustivo, como tentar dar nexo a disparates. Foi nesse momento, quando a comunicação já havia migrado quase que exclusivamente para as mídias sociais, ricocheteando no circuito fechado de bolhas, que ela teve a ideia de um pequeno texto, não mais que uns poucos apontamentos cuja leitura ainda seria tolerada, sobre a obliteração do passado pela internet. Era curioso que o mesmo meio que nada esquece, de onde nada se apaga, fosse responsável pela impressão de que tudo o que existe dependesse dele. Como se nada pudesse precedê-lo, como se a rede tivesse roubado o passado, a realidade e a natureza. A quarentena permitiu que ela descrevesse com precisão sociológica uma percepção que já a incomodava antes da pandemia mas que ela identificara talvez a um conflito de gerações, a um estado difuso ao qual não conseguia dar um nome específico. No confinamento, entendeu o paradoxo de um passado indelével que não admite passado, como se o mundo começasse ali. Era o que já anunciava a rede antes da quarentena e que a quarentena chancelou como norma. O passado reconfigurado não mais pela memória mas pela soberba voluntariosa da simultaneidade. Era o que as mídias sociais e o confinamento tinham em comum. E o que tornava obsoleta a consciência crítica. O tempo tinha sido confinado. O presente era arquivo. A história estava suspensa, transformara-se em fábula. Não havia outra possibilidade narrativa, o que permitia as versões mais diversas, conflitantes e simultâneas, mas não a contradição. As conexões tinham sido abolidas.

Não era só a verdade que deixava de existir. O que não se encontrava na rede tampouco tinha direito à existência. Não havia ação, história ou obra fora dali. Não havia consciência exterior. A rede já vinha substituindo a consciência coletiva antes da quarentena. O confinamento coroou esse processo. As ações já não tinham consequência se não fossem vistas e compartilhadas em rede. E as consequências estavam circunscritas a correspondências, ao compartilhamento interno das chamadas bolhas, o que só contribuía para tornar mais absurdo, perturbador e paralisante o rastro de morte deixado por um agente não programado, invisível e exterior, como um vírus.

A espera estendida por uma cura ou vacina fez com que se adaptassem à nova vida como provisória. Com o tempo em suspensão, o provisório se tornou natural, perene, não o resultado da ameaça mortal que os encurralava. A falta de perspectiva excita o medo, e ninguém sobrevive com medo. Assim passaram a viver no paradoxo da negação. Foram mais de dois anos, entre períodos de flexibilização, às vezes espontânea e inconsequente (por duvidar do que não viam, por negar o que não correspondesse ao espelho das redes sociais, muitos logo se sentiam imunes e cansavam de esperar), e eventuais retomadas compulsórias de confinamento, para tentar remediar os estragos da inconsequência, até a descoberta de uma vacina aparentemente segura trazer de volta não a ilusão de normalidade em que muitos já viviam, mas uma possibilidade mais concreta e confiável de futuro. É claro que nada disso traria de volta a vida nos termos do passado. De repente tudo era exagero. As ruas se encheram de gente que se reunia, se abraçava e se beijava em desafio ao perigo invisível, supostamente vencido. Tudo o que não puderam fazer durante o confinamento, faziam em dobro fora dele. Queriam se reencontrar, tocar-se, mas nada era suficiente. Uma onda de euforia tomou conta do mundo, uma histeria coletiva compensatória, como a "febre da dança" à saída da Idade Média. Em poucos meses o rastro da devastação viria a dar sua medida exata, a contagem dos mortos não oficiais, a miséria, os desvalidos, os famintos, o desastre econômico, a desfaçatez autocrática, a disputa pelo que sobrou comutado em objeto de uma nova partilha entre homens e nações numa luta pela sobrevivência mais selvagem, mais mesquinha, ocupando o vácuo onde num passado recente se enalteceram a empatia e o amor. Antes que esse novo desencanto fosse deflagrado, viveram dias supostamente felizes, enfurecidos em seu excesso, e certamente irrefletidos, o fim do mundo travestido de reinauguração. E embora houvesse regras também para o desconfinamento, transgredi-las se tornou a norma. Filas — mais propriamente amontoados de gente — se formaram diante de cinemas e teatros que viviam às moscas antes da pandemia e agora eram reabertos como se ali se projetassem perspectivas jamais vistas ou imaginadas. Numa proliferação de festas e reuniões, comemorou-se o fim do medo e da ameaça de contágio com a desopilação desenfreada dos corpos. A alegria e o prazer dobraram as últimas expressões taciturnas. Em aberto antagonismo à moderação ditada pelas regras sanitárias, muitas dessas festas aconteciam ao ar livre, em parques e bosques nos arredores da cidade, para centenas de pessoas, às vezes milhares, dando continuidade a uma tradição clandestina que se estabelecera durante o isolamento. Foi numa delas, entre hordas de desconhecidos, que eles se reviram pela primeira vez depois do encontro na universidade.

Não era, para nenhum dos dois, a primeira festa de que participavam depois da quarentena. Para ela tudo se resumia à ocasião de reencontrá-lo. Não pensava em outra coisa, mal conseguia avançar quando andava na rua, fitando os rostos sem máscara no contrafluxo, esquadrinhando cada um deles. Mais realista talvez, embora nada tivesse de resignado, para ele aquela era só mais uma festa, se não fosse também a ocasião mais segura, em meio a uma multidão de cegos, para a troca de informações sigilosas.

Os carros se aproximavam numa longa fila, vinham lentamente pela estrada principal, do norte e do sul, e depois se espalhavam pelas várias entradas do parque, antes de convergir novamente, guiados pela luz e pelas batidas da música eletrônica, na direção da clareira onde, ao lado do palco, uma tenda imensa fora montada para proteger os equipamentos. Ela sempre podia justificar pelo interesse sociológico sua presença numa festa onde a média de idade girava em torno de vinte e poucos anos. Ouvira falar dos encontros clandestinos convocados pelas mídias sociais durante a quarentena e aproveitava para tomar anotações de campo para sua pesquisa sobre a rede (foi a desculpa que deu para convencer uma amiga recalcitrante a acompanhá-la). Embora não houvesse constrangimento capaz de fazê-la perder uma oportunidade eventual de revê-lo, preservava sua história pessoal. Por superstição, preferia não assumir que o desconfinamento trouxera de volta, mais que a esperança e o desejo de rever o estudante, uma convicção quase mística de que, assim como quando o conhecera, o acaso teria seu papel no reencontro.

Sem motivo para estar ali, bastava à amiga a sombra de uma dúvida ou hesitação, um pequeno contratempo ao longo do caminho, para sugerir que dessem meia-volta e fossem beber uma cerveja no centro. Por precaução, deixou o carro perto da saída do primeiro estacionamento, logo na entrada do parque, para não correr o risco de acabar presa num engarrafamento quando decidissem ir embora.

As duas caminharam pelo bosque, acompanhadas por pequenos grupos e casais que corriam ao lado delas, rindo e gritando, entre as árvores, na direção da música. Uma menina por pouco não derrubou a amiga ao passar por ela, puxada pelo namorado. A imprudência juvenil (ou talvez fosse a felicidade) insuflava o mau humor da amiga. Mal tinham chegado e ela já não disfarçava a contrariedade. Tomando a dianteira, alguns passos à frente, ela, ao contrário, fingia ignorar tudo ao redor, a começar pela irritação da amiga — ou talvez já não estivesse mesmo em condições de ver nada além do que buscava. Nada parecia detê-la, nada a demovia da obsessão de um reencontro com o estudante, como se o futuro fosse só desejo. Sabia que não era. Estivera em outras festas antes daquela. Apenas contava com a sorte.

Pouco a pouco as duas foram se distanciando uma da outra, naturalmente e em silêncio. A amiga desacelerava, resistindo ao frescor da noite num abraço em si mesma, no qual friccionava os braços com as mãos, enquanto ela, mais à frente, apertava o passo, avançando ao lado dos jovens casais. Logo se perderam uma da outra. Os casais corriam, mas era como se ela, ao tentar acompanhá-los, corresse para trás. Corria para alcançá-los e recomeçar em novos termos. Era ao mesmo tempo um processo de negação e de loucura, como condição para o renascimento a que achava ter direito depois de tudo o que passara. Eles fugiam do passado recente, mas para ela o passado eram eles, que ela tentava alcançar. Como se bastasse correr para recuar à juventude depois da experiência da quarentena e da morte. Voltar a viver, com mais intensidade, mas agora com a consciência da perda, para não perder de novo. Ninguém é totalmente diferente do que foi. Os casais passavam por ela com garrafas de cerveja na mão, rindo e tropeçando na grama úmida, levantando nacos de terra. E logo ela entendeu que já era a festa. Correr equivalia a dançar. Para eles a pressa também tinha a ver com o desejo de sair de um círculo de confinamento e solidão. Mas para ela o futuro era uma contradição em termos, uma lembrança prospectiva que ela perdera antes de conhecer. Avançava para trás. Não pertencia à felicidade daquela gente. Procurava não pensar. Se parasse para pensar, também pararia de correr e, aí sim, talvez recuasse envergonhada.

A luz da clareira projetava a sombra deles sobre seus passos, pelo caminho que a música também fazia através das árvores, em sentido contrário ao deles, que corriam para ela. Investiam contra a música. E, entre os rostos iluminados, como num sonho ou numa fábula, de repente ela teve a impressão de ver o dele. Sentindo-se observado, ele se virou para ela. E pouco a pouco, entre olhares de reconhecimento mútuo, foram diminuindo o passo até pararem um diante do outro, separados por uns poucos metros que ainda permitiam a passagem de um ou outro retardatário desgarrado, correndo na direção da música e da clareira iluminada.

"Você não sabe como eu te procurei", ele sorriu, tirando as palavras dela, depois de segundos a observá-la, hesitante, em silêncio. É verdade que um reencontro assim, para ser realmente fabuloso, não deveria comportar nenhuma hesitação, mas ali se explicava pelos meses de isolamento. Cada um havia amadurecido à sua maneira, envelhecido na ausência do outro. Cada um tinha sido devastado à sua maneira. Tinham guardado do outro a imagem de um mundo perdido, que só podia existir em fantasias ou lembranças distantes. Era natural que hesitassem em reconhecer um ao outro. Era normal que duvidassem, que temessem as ilusões. Todo mundo sabe que o mundo não é uma fábula. "Postei um monte de mensagens na esperança de que a gente tivesse pelo menos um amigo em comum, em algum círculo."

Ela sorriu, olhou para o chão e balançou a cabeça antes de voltar a olhar para ele, sem saber se acreditava, se era possível que tivessem feito a mesma coisa — ela também o tinha procurado pelos círculos daquele purgatório, entre centenas de amigos virtuais, por uma razão que ele não podia imaginar e que ela preferiu não revelar ali: "Que é que a gente faz?".

Depois de meses esmagados no presente, tinham desaprendido a fazer projetos, desconfiavam das expectativas. O futuro era uma abstração obscena.

"Agora?"

"Quando mais?", ela sorriu e deu de ombros. O sexo era parte de um plano maior, que os dois não ousavam dizer ali, como entre as árvores onde se conheceram, quando havia a ilusão de um paraíso que podiam compreender e que nutriam em silêncio para evitar as derrapagens românticas. O acaso do reencontro agora anunciava uma possibilidade de futuro que era melhor não imaginar. Ninguém precisava dizer o que tinha visto durante a quarentena.

"Você me dá um segundo?", ele disse.

Ela o viu afastar-se na direção de um rapaz que os observava à distância, e que só então ela notou, debaixo de uma árvore. Viu-os confabular. E o rapaz, entre gestos que faziam referência a ela, entregar alguma coisa ao estudante e sumir.

"Eles vieram destruir o mundo", ele lhe disse ao voltar.

"Eles quem?", ela sorriu.

Ele disse que, pressentindo o fim irremediável, eles (continuava sem nomeá-los) decidiram arrancar o último gozo do mundo. Um gozo de destruição, que estavam determinados a desfrutar sozinhos.

"Eles quem?", ela insistiu, agora séria.

Mas, no lugar da resposta, ele pôs na boca uma pastilha que tirou do bolso da calça, e a beijou.

Passaram a noite numa espelunca do centro. De manhã, ele disse que precisava ir embora. Beijou-a, garantiu que ligaria, não ia perdê-la de novo, e saiu às pressas, sem lhe dar a chance de contar sobre o filho.

3.

Um vírus não é um ser vivo. Não tem vida nem metabolismo próprios. É apenas um mecanismo de reprodução, ao mesmo tempo radicalmente simples e complexo, um replicante sem autonomia, que precisa de células vivas, hospedeiras, para se multiplicar — mais ou menos como uma semente depende de um terreno fértil, e um romance, de um leitor empático. Sua presença invisível e dormente no ar e nas superfícies onde tudo parece inofensivo não significa porém que não seja letal. Um vírus pode passar dias adormecido e ser despertado pela presença imprudente de um hospedeiro potencial, para enfim perecerem juntos e associados. De onde se conclui, dependendo do grau de letalidade, que também seja um mecanismo imperfeito, suicida ou burro, apesar de sua complexidade minimalista, já que matar o hospedeiro é a última coisa que se espera de um parasita inteligente. A menos que reproduzir seja o meio e não o fim.

Era natural que num primeiro momento as pessoas associassem os desaparecimentos, simbolicamente pelo menos, à ação insidiosa do vírus. Viviam em isolamento, em guerra contra um exército invisível, sem a renovação da experiência, esgotados mental e emocionalmente, condenados a raspar o tacho da memória e da imaginação. Os desaparecimentos corresponderam, nem que fosse apenas como alegoria, à ameaça de um inimigo difuso e traiçoeiro. Tiveram uma frequência e um efeito incomensuravelmente menores e mais pontuais que os da pandemia, estenderam-se por um período bem mais curto, não mais que uns poucos meses, mas o bastante para eletrizar com um pouco de novidade e por tempo limitado a imaginação de um público cansado de morrer a mesma morte, e por tabela serviram como a desculpa que faltava às autoridades para recorrer à força contra o dissenso. Só não chegaram a constituir um novo fantasma porque a comparação com os números estratosféricos da pandemia contou paradoxalmente a favor da excepcionalidade de um punhado de desaparecidos (um banqueiro; o presidente da associação nacional dos planos de saúde; a líder do partido ultraconservador; o fundador da Igreja Neocristã e o chefe de um dos braços armados do agronegócio) num mundo onde tudo o que era excepcional estava condenado a desaparecer, justamente. Logo sumiram das notícias de jornal, de modo que não dava para saber se os desaparecimentos tinham realmente cessado ou mesmo acontecido. A experiência do vírus fez parecer natural que a repressão por eles desencadeada fosse inversamente proporcional à sua aparente inexistência.

Enquanto em outros países governo e população trabalhavam mais ou menos juntos pelo bem comum, por uma saída ponderada da crise sanitária e econômica, ali as autoridades visavam precisamente a morte. É sabido que a morte como condição estruturante da política resulta de falta de legitimidade ou competência. Mas essa era apenas uma aparente disfunção. O país conspirava contra si mesmo. É possível que tivesse conspirado contra si mesmo desde sempre e que a doença fosse seu coração. O que o governo afinal representava às claras era uma sociedade consagrada a espoliar-se até a morte.

Mais do que o perfil ideológico relativamente homogêneo dos desaparecidos, o fato de, como o vírus, estarem todos engajados no cumprimento de um objetivo parasitário e suicida embora agissem em frentes aparentemente distintas, independentes e até conflitantes, levava a crer que tivessem sido vítimas de uma ação coordenada. Quando estudantes também passaram a desaparecer, ficou claro que algum tipo de reação tivera início. Estes desaparecimentos, entretanto, teriam confundido as investigações apenas num primeiro momento, segundo a polícia. Logo também se encaixaram na hipótese, privilegiada pelos investigadores, de que havia uma ação terrorista subterrânea em curso no país, na qual os primeiros desaparecidos teriam sido vítimas dos segundos. Já não era possível descartar, sempre segundo os investigadores, que o desaparecimento dos estudantes fosse uma peça montada ad hoc para confundir as autoridades, ou até mesmo uma queima de arquivo. Um ou outro jornal chegou a aventar a hipótese de que a polícia, por meio de seus comandos paramilitares, estivesse envolvida nesses sequestros, mas não a sustentaram por muito tempo, não se sabe se por falta de provas, de interesse dos leitores ou por algum tipo de ameaça.

Havia razão de sobra para odiar e combater indivíduos que decidiram tirar o "último gozo do mundo" em proveito próprio e exclusivo e cujos nomes eram conhecidos de todos, de suas vítimas diretas e indiretas, mas calhou que, na falta de pistas e de algum grupo político clandestino para assumir a culpa oficialmente, numa sociedade onde o ônus da prova havia muito deixara de competir à acusação, sempre houvesse estudantes no lugar errado, na hora errada, para servir de bodes expiatórios. Era o que se deduzia das poucas informações divulgadas pela polícia, já que as investigações corriam em sigilo. Em pelo menos dois casos, sinais dos celulares de estudantes foram detectados nas proximidades dos ilustres desaparecidos, no momento do desaparecimento. Em outros, houve identificação de estudantes, como suspeitos, por fotos nas redes sociais, apesar de álibis irrefutáveis. Daí a concluir que o sumiço subsequente de estudantes seria resultado da fuga dos mesmos, de sua entrada na clandestinidade para escapar à justiça, e não de sequestros e execuções perpetrados por agentes paramilitares ligados à polícia, foi um pulo.

4.

Na falta de imunidade ao vírus, mais de um terço da população tornou-se imune à realidade. Isso ficou claro quando também começaram a morrer. Era gente que saía da quarentena de cabeça erguida, decidida a não voltar atrás. Gritavam: "Quero minha vida de volta!", enquanto caíam, febris, sufocando em acessos de tosse. Havia variações em relação ao que reivindicavam, dependendo do grau de inconsciência. Eram os mesmos que antes da quarentena gritavam: "Quero meu país de volta!" ou: "Quero meu dinheiro de volta!". Com essas divisas, endossaram um projeto de país baseado justamente em arrancar para si o último gozo do mundo. Tinham dificuldade de pensar além dos limites de seus interesses estritamente pessoais e imediatos, e isso, sem que percebessem, como é natural nesses casos, era-lhes fatal. Chamados ironicamente de nostálgicos por quem não comungava da mesma loucura, sonhavam com o mundo que perderam, supostamente anterior à pandemia mas que na verdade só existia na cabeça deles, quando podiam conceber a peste como fantasia ou realidade distante e se entreter com séries distópicas representando a desgraça alheia. Não se identificavam com mortais, é claro. Sempre viveram num mundo à parte, protegido, murado, antes mesmo de serem confinados pela doença, mas bastou se verem forçados ao confinamento para atirarem-se às ruas, sôfregos. Isso não queria dizer que tivessem se resignado à contradição. Ao contrário. Não suportavam a convivência com o que os contrariava, estavam cansados de quem os acusava de irresponsáveis. Nunca suportaram a culpa. Aos seguidores das orientações médicas, reservavam o desdém (quando não a violência), a provocação de sua presença sem máscara nas ruas e a alcunha de ingênuos pessimistas, sem notar mais uma vez a contradição em termos. Era na cegueira dos seus atos que se aninhava o verdadeiro niilismo. Era natural que preferissem se manter entre iguais, confirmação de sua autoimagem, e isso também em lugares públicos. Ao abandonar o confinamento para confraternizar na esquina, à volta de um copo de cerveja, soavam inadvertidamente o alarme para as autoridades sanitárias. Dentre os privilegiados que tinham a opção de ficar em casa, eram os primeiros a morrer. Andar em grupos mais ou menos coesos e impermeáveis não os imunizava contra o vírus. Os pobres que ainda trabalhavam e, sem escolha, eram obrigados a sair de casa diariamente e usar o transporte público, continuavam a encabeçar a lista de mortos, apesar dos dados oficiais subnotificados, a ocultar números e corpos. O aumento das mortes entre os nostálgicos, entretanto, indicava que o vírus estava de volta às chamadas elites econômicas e que novos confinamentos se faziam necessários para protegê-las de si mesmas.

Como houvesse pelo menos dois nostálgicos convictos no círculo mais íntimo de amizades do estudante (amigos de infância dos quais ele se afastara ao entrar na universidade), a polícia chegou a cogitar num primeiro momento a possibilidade de ele ter contado com a colaboração de algum desses cegos voluntariosos, o que não se sustentava diante dos fatos. Depois de uma dezena de perquirições, a investigação acabou adotando a hipótese mais espetacular, baseada no reconhecimento de fotografias nas redes sociais, e elegendo o rapaz agente solitário no desaparecimento do líder de um dos braços armados do agronegócio, em circunstâncias duvidosas.

A primeira testemunha intimada no inquérito foi uma namoradinha de adolescência que não via o estudante desde muito antes da quarentena mas que acabou tendo um papel importante no esforço de incriminá-lo, ao justificar o fim da relação pelas "tendências incendiárias" do suspeito. Diante da atualidade dos fatos, lembrou-se de ter temido a certa altura que aquele corpo inocente e imberbe ao seu lado, dividindo a mesma cama, pudesse esconder um terrorista em potencial, um "lobo em pele de carneiro", nas suas palavras gravadas nos autos. Os nostálgicos não eram especialmente felizes no manuseio da língua. O melhor amigo de infância do suspeito, conduzido a confirmar a impressão da namoradinha, foi pródigo no uso de imagens que massacravam os tímpanos, neste caso por pura estupidez, mais do que despeito ideológico ou rancor passional. Ao associar o amigo de infância a um "lobo solitário", ecoando o clichê lupino da ex-namoradinha, seu testemunho foi decisivo para corroborar a versão policial.

Uma nova forma de negacionismo surgiu com o fim do isolamento. Os nostálgicos, que já não usavam máscaras, e dançavam e cantavam como provocação durante a quarentena, agora confirmavam, porque estavam vivos, que a pandemia nunca existira. Queriam a vida de volta, tinham sido enganados e roubados, e estavam decididos a tirar o atraso. Muitos tiveram de fechar seus negócios, perderam uma dinheirama. Continuaram a morrer como passarinhos quando novos focos da doença eclodiram entre eles. Uma vez doentes, contudo, eram imediatamente afastados por outros nostálgicos, seus corpos enfermiços ocultados para não deixar vestígios até que as evidências ominosas se tornassem intoleráveis. Nesse sentido assumiam afinal o caráter de uma organização criminosa que antes tentavam dissimular. As autoridades, porém, tinham informantes e, sem alardes (e sem nunca chegar a indiciá-los pela ocultação dos corpos e dos doentes, pois no fundo eram aliados), serviam-se deles como alarmes, decretando novos confinamentos com base em relatórios secretos, sempre que aumentavam as baixas entre essa gente.

Enquanto para muitos a pandemia serviu para pôr as palavras e as coisas de volta no lugar, com a urgência e a precisão que elas supostamente pediam, os nostálgicos continuavam sonhando com um tempo de palavras inexatas e invertidas. A tendência ao descolamento e à inversão entre as palavras e as coisas sempre existiu, e, antes mesmo de o vírus se disseminar pelo mundo, já havia atingido seu ponto de inflexão, como eles próprios costumavam dizer em relação ao sucesso ou fracasso de seus negócios. As coisas eram chamadas pelo oposto, por oportunismo, cinismo e hipocrisia. E a consequência era um mundo paralisado pela usurpação da verdade. A morte em massa, além de confrontar os falsos silogismos e as falsas atribuições, criou um problema para a ambiguidade dos sonhos. Era aí que entravam as reivindicações dos nostálgicos, confundindo a fantasia de suas lembranças com um direito, e se debatendo pelo ideal de uma imprecisão onírica que lhes permitisse seguir desfrutando de seus privilégios. Mais do que nunca, fechavam-se em comunidades relativamente homogêneas, onde tentavam se imunizar contra a realidade, em vão.

Fora a morte, que eles encobriam do jeito que dava, a maior ameaça à sobrevivência dessas comunidades passou a ser a suspeita de informantes infiltrados, espiões a serviço do Estado, a corroê-las por dentro, à maneira de um vírus, pela desconfiança precisamente.

Os nostálgicos começaram a desconfiar de tal forma uns dos outros que a certa altura já não podiam continuar juntos. A vida entre iguais se tornou insustentável, estavam sufocando, precisavam respirar o mesmo ar do resto do mundo. Poucos conseguiram resistir ao clima de suspeita e traição que brotava das entranhas da convivência com pares idênticos e irmãos de fé. A maioria se dispersou, alguns voltaram à vida dos comuns que eles tinham abjurado, assimilando-se à realidade como se já não tivessem nostalgia de nada. Outros se isolaram no interior em busca de uma vida de sonho, sem contradição, no que restava de suas fazendas e casas de campo, onde promoviam aulas de ioga e meditação. Por um breve momento, cedendo à especulação dos investigadores, ela até cogitou que ele pudesse ter tomado esse caminho, passando-se por nostálgico para escapar à polícia na fazenda de algum amigo de infância. Chegou a pensar em procurá-lo no interior, mas lhe faltavam pistas. Foi quando ouviu falar do oráculo pela primeira vez.

Era assim que chamavam o refúgio, em algum canto perdido entre plantações de cana, no interior do país, onde um sobrevivente que, depois de escapar por um triz à morte, saindo do coma sem nenhuma memória mas com a capacidade de predizer o futuro, vivia cercado por um grupo de prosélitos que o protegiam das incoerências do mundo exterior. Ele era a promessa de um mundo por vir, prenhe de empreendimentos e possibilidades. Seus seguidores lhe davam a memória que perdera, contando-lhe o que nunca existira, e em troca ele anunciava o futuro a visitantes que não se importavam em deixar os olhos da cara por um pouco de esperança.

Ela perdeu o estudante de vista depois daquela noite numa espelunca no centro, quando ele anotou seu número e prometeu ligar. Viram-se apenas duas vezes na vida. Foi uma surpresa deparar com sua foto nos jornais e ler sobre sua fuga. A princípio confusa, ela logo passou a duvidar da versão oficial da polícia. Pelo pouco que o conhecia, não o imaginava como o fugitivo incendiário que os artigos pintavam, muito menos como nostálgico. A polícia sustentava que justamente por isso ele tivesse se refugiado entre eles, se fizesse passar por um deles, para sobreviver na clandestinidade. Isso se houvesse realmente fugido e estivesse vivo. Tudo era demasiado improvável e inverossímil, ganhando aos poucos a forma claustrofóbica de um pesadelo.

Ela teria ressaltado a improbabilidade aos investigadores, se lhe houvessem perguntado, mas ninguém a procurou, não faziam ideia de quem ela era, e ela logo entendeu que não devia confiar neles, não estavam interessados em descartar nenhuma improbabilidade. Não havia pistas até ela além do comentário que o estudante fizera, no início da quarentena, a um colega de faculdade cujo depoimento ficou registrado nos autos sem que ela pudesse saber, sobre o encontro casual com uma mulher mais velha, na universidade. Segundo o colega de faculdade, o suspeito entrara em parafuso quando suspenderam as aulas, não sabia como revê-la. O colega de faculdade tampouco fazia ideia de quem podia ser aquela mulher. Não via o suspeito fazia meses. Senão, saberia que ele a reencontrara, e certamente teria mencionado o fato à polícia.

II. "Que é que você quer ver no futuro?"

5.

Ela saiu da cidade com o filho numa manhã de setembro, vinte e nove graus à sombra, ofuscada pelo sol que despontava no retrovisor como se os perseguisse. A quarentena foi uma guerra sem perspectivas palpáveis, contra um inimigo invisível. Agora era diferente. Embora iniciassem na autoestrada uma viagem que também os levaria por caminhos tortuosos, esburacados e poeirentos, através de campos e florestas cerradas, ao longo de despenhadeiros, com o sol da manhã pelas costas e o da tarde na cara, já não avançavam às cegas. Ela esperava que no final a viagem os contemplasse com uma visão de futuro. Duvidava que um dia voltasse a entrar num avião. E preferia dirigir por horas a fio a ter de tomar um ônibus. Não era só o efeito inercial da quarentena, o medo do contágio e a aversão às aglomerações. O risco de contágio já não era o mesmo, mas a encorajara a prezar sua independência. Tinha concebido o trajeto com um pequeno desvio, de modo a pernoitar num hotel simpático, com parque e piscina, uma lembrança de quando viajava de carro com os pais, na infância. Se tudo desse certo, chegariam ao hotel com o cair da tarde. Queria que o filho guardasse da viagem uma lembrança tão feliz quanto a que tinha de sua infância. Imaginou-o perguntando, da cadeirinha no banco de trás, quanto tempo faltava, como ela quando criança, quanto tempo ficariam fora de casa, e respondeu, mesmo sem que ele tivesse feito pergunta alguma, que chegariam em algumas horas e que voltariam assim que soubessem o paradeiro do pai. Fazia algum tempo, desde o desaparecimento do estudante, que ela media as palavras na frente de terceiros, como uma espiã em treinamento. A viagem de carro com o filho pequeno era como sair de férias, um intervalo de liberdade no esforço de autocontrole. As perguntas estavam na cabeça dela, mas ela fazia questão de externar as respostas, como quando estavam sozinhos em casa, como se de alguma forma ele pudesse absorvê-las.

Iam consultar um oráculo. O oráculo era um homem cuja memória tinha sido devastada pelo vírus e que, ao voltar do coma induzido, talvez como compensação por não se lembrar de nada, passou a predizer o futuro. Contava histórias incríveis, como se tivessem ocorrido e que houvesse testemunhado, quando na verdade estavam para acontecer (ou assim passou-se a interpretá-las). Nessa inversão, como se os reconhecesse ao recebê-los e rememorasse o passado numa roda de amigos, revelava inadvertidamente aos que o procuravam o que tinham pela frente, à maneira de quem, ao relembrar o que viveram juntos, cometesse uma inconfidência, contasse sem querer um segredo. Esperava-se deles alguma coragem diante da possibilidade de uma perspectiva desagradável, é claro. Mas pelo menos podiam ter certeza de que, se estavam ali, vivos, e se o sobrevivente supostamente lembrava apenas o que teriam vivido juntos, não poderia predizer-lhes a morte.

Nas primeiras horas de estrada, provavelmente por livre associação, ela falou ao filho sobre as esfinges. Pensava e falava. Ao longo do isolamento, e talvez precisamente por estarem os dois sós, ela começara a falar com o filho sobre tudo o que lhe passava pela cabeça. No início sem perceber, falava com ele como as crianças falam com amigos invisíveis ou os velhos às paredes. Era possível que o fato de ele ainda ser muito pequeno para entendê-la a tivesse liberado no começo a dizer as coisas mais inverossímeis a uma criança. Aos poucos aquela conversa imaginária ganhou a naturalidade das urgências, dos vícios e das manias. Disse ao menino que, ao contrário dos oráculos, as esfinges eram monstros que diziam o óbvio, por meio de charadas que poucos eram capazes de decifrar. E que, ao transformar em enigma o que estava na cara de todos, a esfinge só revelava quanto somos cegos e incapazes de ler o mundo.

Como nos diálogos dos romances que escrevia sob pseudônimo, era ela a autora das reações do interlocutor. O homem que vamos ver é uma esfinge?, ela imaginou o filho perguntando, enquanto ele seguia mudo, entretido com a paisagem. Como é que nasce uma esfinge?

"Essa nasceu de um vírus", ela respondeu. "Um vírus não é um ser vivo. É só um agente, sem moral nem vontade. Seu objetivo é se reproduzir. E se costuma matar, muitas vezes também engendra a vida. Dizem que a gente nasceu de um vírus."

Eu e você?

Ela riu da pergunta que retumbava em sua cabeça: "Não, os homens, a humanidade. O que nos dá a vida também nos mata".

O vírus é uma esfinge?

Ela riu de novo da própria imaginação: "Pode ser. Por que não?".

E o que é que uma esfinge quer reproduzir?

As perguntas ficavam cada vez mais difíceis conforme eles avançavam à luz das labaredas das queimadas ao longe, refratadas pela fileira de eucaliptos que desmembravam o movimento do carro num teatro de sombras projetado sobre o asfalto, ao longo da estrada, à imagem do quadro a quadro de um desenho animado. A intensidade das chamas distantes contrastava com o céu tenebroso de fumaça negra no horizonte, como opostos aparentemente inconciliáveis, que não passavam de variações do mesmo estado de coisas.

"Uma esfinge só pede que a gente veja o que tem diante dos olhos. Ela só mata se a gente se recusar a ver."

Desde muito cedo, antes de ele falar, e talvez porque demorasse tanto a falar, em vez de ela se ater às coisas prosaicas e cotidianas, uma hora ou outra suas "conversas" com o filho descambavam para as parábolas, como se ela própria assumisse o papel de uma esfinge. Para quem a ouvisse de fora, suas respostas soavam como solilóquios desvairados, contos morais interrompidos, a parte não correspondida de um diálogo absurdo.

"Pode ser que chegue uma hora, quando eu for bem velha, que também só consiga me comunicar por enigmas e adivinhas pra dizer as coisas mais simples, como uma esfinge, e aí você terá de aprender a decifrar o que eu estiver dizendo. Pode ser também que, quando eu já tiver desaparecido, a lembrança remota e difusa desses enigmas te sirva para decifrar o que não tem resposta."

Mas àquela altura o menino já estava dormindo na cadeirinha do banco de trás.

6.

Mais do que a incomunicabilidade das coisas simples, ela temia que a memória viesse a falhar quando eles dois mais precisassem dela. Dividiu com o filho desde muito cedo coisas que não se dizem às crianças, que ademais ele não podia entender e que se recusaria expressamente a ouvir se falasse e pudesse retrucar. Antes que pudesse perder de vez a cabeça e sair como Dom Quixote pelo mundo, vendo coisas que não existem (ou que se revelam por interposição da demência), passou a contar o passado ao filho. E com mais determinação naquela viagem que no fundo tinha a ver com a insolvência das perdas, uma ausência que precisava ser transfigurada. Contou-lhe tudo o que vivera e perdera, para o dia em que já não se lembrasse ou já não estivesse viva e ele precisasse da memória dela. Sua memória seria dele também. É claro que nem tudo era altruísmo no amor dessa narrativa simbiótica, e não só por ele não poder retrucar: quando ela já não se lembrasse, ele poderia lembrar por ela. E mesmo que não entendesse nem gravasse nada do que ela lhe dizia ali, na estrada, ainda assim ela contava com a possibilidade de que alguma chave desse relato ficaria guardada no subconsciente do menino e lhe serviria para abrir a caixa de lembranças quando ele a evocasse.

Algumas, ele nunca esqueceria. A história do olhar do cão, por exemplo, que ela lhe contou pela primeira vez enquanto seguiam para o interior do país, depois de um cão atravessar a pista, atraindo a atenção do menino. Tinha acontecido em outra estrada, muitos anos antes de ele nascer. Ela fora visitar a avó. Ia passar um longo tempo fora, estudando numa universidade estrangeira, era a última vez que se veriam. A avó estava velha e doente. E ela amava tanto aquela avó. Aconteceu quando voltava sozinha, de carro, para casa. A estrada estava cheia, era domingo, fim de tarde. Os automóveis avançavam a toda, mas era como se fizessem parte de uma coreografia em câmara lenta, já que estavam todos mais ou menos emparelhados, com pequenas diferenças de velocidade. E, de repente, do nada, como uma assombração, ela viu um cão atravessar a estrada, correndo ao lado do carro dela, o que não deve ter durado mais que um segundo, a julgar por sua velocidade. O cão acabara de escapar de outro carro, que também seguia em disparada pela pista da esquerda, logo à frente. O cão corria ao lado dela, mas isso era impossível. Como podia ter chegado ali? Vindo de onde? Corria na pista de ultrapassagem, à esquerda. Do lado de lá da mureta central, havia mais três pistas, com carros que vinham na direção contrária. Ele não tinha chance. Como fora parar ali? E aí o cão olhou para ela. Pode parecer estranho dizer isso, mas naquela hora ela teve certeza de que o cão era uma fêmea, que era velha e estava cansada. Os olhos das duas se encontraram nessa fração de segundo estendida. Como era possível que a cadela tivesse olhado para ela nessa hora, enquanto corria contra a morte? Era um olhar de pavor como ela nunca tinha visto. E alguma coisa aconteceu ali, entre as duas, como um pedido, uma comunicação. Como se a cadela lhe comunicasse a morte da avó. Não havia possibilidade de a cadela sobreviver no meio da estrada carregada de carros em alta velocidade, tendo que atravessar três pistas tanto de um lado como do outro, até o acostamento. Quando seus olhares se encontraram, ela pisou no freio, não fundo, só um instante, como se atendesse às instruções urgentes daquele ser desesperado, como se as tivesse entendido perfeitamente, sabendo que estava diante da morte, mas também que a cadela a salvara com seu olhar: podia estar condenada a testemunhar a morte daquele ser, mas já não seria ela a assassina. E nessa hora, como se aquela breve troca de olhares de horror entre ela e a cadela tivesse refundado o mundo e o movimento a sua volta, o tempo voltou a andar e ela a viu pelo retrovisor, atravessando a estrada entre os carros que um a um diminuíam a velocidade numa nova coreografia iniciada por ela, como se todos estivessem interligados.

Sem que o menino notasse, enquanto lhe contava a história, a mãe chorava. Chorava muito, na verdade. Não se lembrava de ter contado aquela história a mais ninguém.

E de repente, como se o filho já pudesse falar, ela o imaginou perguntando:

E ela viveu?

Ela enxugou as lágrimas e sorriu:

"Sim, claro que ela viveu. Eu não te contaria essa história se ela não tivesse vivido."

7.

    Primeiro o pai dela esqueceu os nomes, depois as senhas e por último as pessoas. Durante a pandemia, e especialmente depois da morte da mãe e do pai, ela, tão receosa de repetir o roteiro familiar e perder a memória antes da vida, passou a lembrar compulsivamente dos animais. Um dos primeiros testes de memória a que o pai foi submetido consistia em dizer o maior número de espécies animais no menor espaço de tempo. Na quarentena, é tudo que nem antes, só que não. Tudo parece ligeiramente alterado, mas sem passagem de tempo, e é aí, nesse estado mórbido, que as pessoas pensam, sentem e lembram como se vivessem numa fábula.

    Talvez a mais natural de todas as fantasias humanas seja dar uma lógica simples e linear ao tempo. E talvez não seja fortuito que os velhos percam primeiro as datas e os nomes, tornando as narrativas impossíveis. Não foi assim com o pai dela. As datas, assim como os nomes, são convenções. O pai dela nunca esqueceu as datas. Passou dos nomes às senhas, de bancos, cofres, computadores, seguros de saúde e de vida. As senhas dão a ilusão de aceder ao que é secreto, ao que, uma vez descoberto, poderá ser resolvido. E se esvaem como as datas, varridas por um vento que vem ninguém sabe de onde, e que só as cronologias narrativas tornam inteligível. Por fim esvaem-se as pessoas, irreconhecíveis na falta das convenções, das datas e do nome que receberam ao nascer.

O pai dela trocava as senhas (e as perdia) no meio da noite, investindo contra o computador, de madrugada, numa corrida de obstáculos que ele derrubava enquanto todo mundo dormia, as senhas caindo uma depois da outra, numa sucessão de tentativas e erros. Até um dia ceder às evidências do que ainda percebia à sua maneira e desistir. Como se digladiar com as senhas fosse o último exercício ou bastião de resistência, uma vez admitida a derrota, o pouco que ainda conseguia guardar desapareceu também de repente. Um dia acordou num mundo sem nome, onde o tempo era um presente contínuo e assustador. Só faltava deixar de reconhecer as pessoas.

A morte do pai a fez perceber que nomes e senhas são, no final das contas, a mesma coisa. Perceber foi uma espécie de descoberta. Mesmo assim, angustiava-a pensar na ordem do que perderia. Se primeiro os nomes e as senhas, como o pai, ou se, ao contrário, as senhas, as datas e só por último os nomes, como a tia que, numa das últimas vezes que a encontrou, chamou-a pelo apelido de menina, que ninguém mais lembrava ou usava. Não lembrava o nome da sobrinha adulta, mas guardou até o fim seu apelido de menina.

Ela estava obcecada pela cronologia. Queria saber do que se esqueceria primeiro, o que não deixava de formar uma narrativa. Por isso contava tudo ao filho, na esperança de que um dia ele também pudesse lhe contar de volta e restituir alguma ordem lógica, temporal, alguma transfiguração capaz de preencher a ausência. O maior número de espécies animais no menor espaço de tempo.

Já havia falado sobre o cão na estrada. Contou então sobre o cavalo que ganhara do pai, aos onze anos, na fazenda do avô. Era um cavalo imenso, com grandes ancas e um defeito na orelha direita, resultado de uma maldade ou de um acidente, ela nunca saberia. Quando o montou pela primeira vez, o cavalo corcoveou, mas não como corcoveava quando outros o montavam pela primeira vez. E, ao contrário do que costumava acontecer com os outros, ela não caiu. Ali, sem que ela soubesse, um pacto foi selado, como se ele tivesse entendido quem ela era quando se aproximou para montá-lo pela primeira vez e tivesse corcoveado o suficiente para, sem derrubá-la, não se desmoralizar. E ao contrário dos que caíam e nunca mais se aproximavam dele, assim que ele parou de corcovear, ela, equilibrando-se nos estribos, tocou-lhe em sinal de gratidão a orelha defeituosa, à qual faltava um pedacinho. Tocou-lhe justamente no lugar do pedaço que faltava, completando a orelha com a concha da mão. Durante quase dez anos eles não se separaram mais e por muito tempo aquele primeiro encontro, em que o cavalo decidiu não derrubá-la, levou-a a acreditar que os bichos tinham não apenas memória, mas também imaginação e desejo, e que o cavalo a tivesse escolhido e projetado nela uma vida feliz, em comum, como num casamento. Por tudo isso, a culpa de tê-lo abandonado era ainda pior. Na lembrança dela, o cavalo tinha tomado para si o papel de protegê-la. E ela rompera o pacto quando chegou a sua vez de retribuir. Entrou para a universidade e parou de montar. Ficou anos sem ir à fazenda do avô e quando finalmente, às vésperas de viajar para um doutorado fora do país, quando foi despedir-se da avó materna, lembrou-se dele e resolveu ir vê-lo, descobriu que tinha morrido seis meses antes. Não tiveram coragem de lhe dizer na hora e depois esqueceram, contando que ela já o tivesse esquecido. Ela não esteve à altura do que aquele cavalo tinha lhe dado em silêncio. Sentia que o abandonara. Dizia isso ao filho, enquanto dirigia para o interior do país, supondo que de algum modo ele poderia guardar aquelas palavras, mesmo sem entendê-las. Queria que ele soubesse do alcance dos pactos e que isso ficasse de alguma forma gravado na sua memória daquela viagem. Não era casual que uma das partes naquele pacto rompido não pudesse se expressar em palavras. A fidelidade estava no silêncio, na impossibilidade da linguagem. E de alguma forma ela acreditava que sua conversa com o filho que ainda não podia falar ou entendê-la fosse da mesma ordem.

De tudo o que ela perdera antes da pandemia, aquele cavalo enorme, com os olhos tristes, era agora o que mais lhe fazia falta. Deram-lhe o nome de Salgueiro, talvez simplesmente por ser tão grande. Ela já o conheceu com esse nome, e como se houvesse um mistério a ser preservado, nunca perguntou a ninguém, nem ao pai nem ao avô, o significado ou a razão de terem-no chamado assim. Agora o nome, estranhamente, já não correspondia à lembrança que tinha do animal. Por mais que tivesse sido grande e forte como uma árvore frondosa. Ela falou dos nomes ao filho, como se discorresse sobre um tratado filosófico. Afinal, tinham ou não a ver com as coisas que nomeavam? Ser chamado Salgueiro fazia daquele cavalo mais ou menos do que ele realmente era? Ou simplesmente o traía? O nome que dera ao filho em meio à pandemia tinha a ver com a memória do dia em que ele fora concebido no estacionamento da universidade. Era o nome do protagonista do romance que a crítica literária ridicularizara horas antes em sala de aula. Tinha a ver também com a recordação de um homem que talvez ela nunca mais visse. Descrevia coisas que o menino podia guardar para sempre, como uma herança invisível e inconsciente, um mito de origem. Se ela tivesse tido a chance de contar ao pai sobre o filho e sobre o nome, ele teria afinal compreendido que ela era a autora daquele romance desgraçado. E talvez tivessem rido juntos da peça que ela pregara na professora com a sua presença anônima entre os alunos, na tarde em que conceberam a criança.

Quando se reencontraram naquela festa e ele lhe disse afinal seu nome, ela estranhou, como se o conhecesse por outro nome, que imaginara para ele durante a solidão da pandemia, e agora o tivesse que renomear. Essa incompatibilidade de nomes a designar a mesma pessoa fez que ela estranhasse o seu próprio nome ao revelá-lo, como se, ao inventar um nome para ele durante os meses de isolamento e silêncio, tivesse alterado também o dela. Perder a memória tinha a ver com perder os nomes e, com eles, as pessoas e a linguagem. O pai, que ela perdeu para a pandemia, começou a esquecer os nomes e em poucos meses já não podia falar. Como se a linguagem só existisse a dois, em correspondência, quando o pai parou de falar, já não havia razão para a mãe continuar falando.

Ela começou a falar com o filho antes de ele ter condições de balbuciar as primeiras frases, no isolamento e no silêncio da quarentena, e nunca mais parou. Falava sobre o nome do cavalo quando ouviram um estrondo. Diminuiu a velocidade, sem conseguir localizar a origem do que tinha soado como um trovão. Era um dia radioso. Tudo em volta era luz e transparência. Não havia sinal de nuvem ou tempestade. Por um momento ela temeu pelo motor. Outros carros paravam no acostamento. Não era um problema no carro dela. Moradores dos arredores também se acercavam da estrada, correndo, e a atravessavam à procura da causa ou da origem da explosão invisível. Quando alguém corria ou olhava para um lado, outros vinham atrás e olhavam para o mesmo lado, mas como não viam nada, bastava outro correr e olhar na direção oposta, para que outros também corressem e olhassem naquela direção. De repente, era como se o mundo tivesse ficado maluco. Gente correndo para todos os lados à procura de uma causa ou de uma consequência sem vestígio. Ela não sabia se parava o carro como os outros ou se, ao contrário, acelerava para abandonar aquele lugar o mais depressa possível. Queria parar, mas temia não conseguir sair dali, se parasse, enredada numa lógica incompreensível. Faltavam duzentos quilômetros até o hotel onde deviam pernoitar. Tinham todo o tempo do mundo. E de repente a curiosidade e um senso de aventura falaram mais alto e ela diminuiu a marcha até encostar na beira da estrada. Pegou o filho no colo e caminhou até o barranco de onde um grupo apontava para o vale. Ela quis saber o que estava acontecendo, o que estavam vendo, mas eles mesmos não sabiam. E de repente, na falta de origem, causa ou rastilho da explosão, começaram a gritar. Primeiro um só, hesitante e tímido, como se cometesse uma infração. E logo a seguir alguém a seu lado e mais outro e outro e outro. E de repente outros grupos, virados para outros lados, também estavam gritando, apontando na direção oposta à do grupo onde ela estava com o filho, tentando ver alguma coisa no vale a sua frente, na transparência cristalina do dia. Era contagiante. Gritavam todos a mesma coisa. Era uma única palavra. Diziam "canalha!", como se acusassem alguém pego em flagrante. O suposto terrorista talvez, o responsável pela bomba sem origem nem consequência aparente. Acusavam um agente invisível de um ato sem efeito mas cujo estrondo os mobilizara a ponto de terem saído de suas casas e de seus carros parados no acostamento, acorrendo de todos os lados para ver. Acusavam-no por um ato capaz de fazê-los parar tudo, embora nada lhes garantisse que tivesse havido uma ação e que pudesse haver um agente sem ato. Tentavam ver os efeitos de uma explosão invisível. Gritavam "canalha!", como se o ato fosse na verdade o ocultamento. Podiam gritar "filho da puta!", "escroto!" ou qualquer outra injúria que lhes inspirasse um certo realismo, sua condição de adultos, mas era como se o que havia de infantil, inofensivo e patético naquela ofensa ao mesmo tempo singular e coletiva, dirigida ao vazio e a si mesmos, lhes restituísse a inocência e a incompreensão característica da pureza, e assim também os redimisse da culpa de terem compreendido tudo, sim, desde o início, e de serem os principais agentes responsáveis pelo estado surreal em que se encontravam e que aquele desabafo nomeava tão bem. Canalha. De repente ela também começou a gritar, no início tímida, rindo encabulada de si mesma, olhando para os lados, e depois com mais ênfase e raiva irrefletida, como se também precisasse de um descarrego, empurrada por uma urgência sem nome, e se não fosse o menino começar a chorar, assustado pelo comportamento intempestivo da mãe, teria continuado a gritar, mais forte, com a mesma fúria que pouco a pouco tomou conta dela como daquela gente, em grupos espalhados pela beira da estrada, no acostamento, no absurdo de uma ação reflexiva dissimulada, sem objeto nem efeito. Em vez disso, como se o choro do filho a tivesse despertado, voltou com o menino para o carro, deu a partida e foi embora, envergonhada pelo pequeno lapso de realidade, em público. A dois quilômetros dali ainda tinha a impressão de ouvir os gritos de ódio, agora indistintos, um murmúrio coletivo, sem propósito nem fim.

8.

O recepcionista disse que o escritor se hospedara no hotel para escrever suas memórias. Ela o viu de longe, entrando no elevador. Era um homem famoso. Conhecia-o de nome, mas nunca tinha lido nenhum de seus livros. Supunha que fossem ilegíveis. Deduzira de sua figura pública que fosse um homem intratável, encimado por uma nuvenzinha negra, e que os livros o representassem. Ele estava no hotel fazia duas semanas e não falava com ninguém. O recepcionista disse que o escritor saía do quarto para nadar no fim da tarde, quando os hóspedes voltavam para seus quartos. Jantava às sete, quando o restaurante estava vazio. Pedia o café da manhã e o almoço no quarto. Quando o viu sozinho na piscina, ela disse ao filho, entre despeitada e curiosa, que aquele homem barbudo era um reputado fantasista que a pandemia havia condenado a escrever suas memórias. Imaginou o menino, que brincava entre seus joelhos, perguntando o que é um fantasista. E respondeu que um fantasista é um homem que inventa coisas.

Como o avião?, ela imaginou uma nova pergunta do filho.

"Sim, mas antes de podermos saber o que é um avião. Inventa coisas que não existem."

O menino quis se aproximar da piscina e, por força das circunstâncias (mas não só), ela se viu de repente trocando ideias com o escritor que chegava ao final do seu treino diário. Num ato de distração dissimulada, havia se instalado justamente na espreguiçadeira adjacente à dele, sob o mesmo guarda-sol, onde ele deixara a toalha e os óculos, enquanto nadava. Fez que só se dava conta disso, envergonhada, quando o notou se aproximando. Era natural que o cumprimentasse por cortesia, meio que se desculpando encabulada por estar ali quando todas as outras cadeiras ao redor da piscina estavam vagas. A última coisa que pretendia revelar era que também escrevia e que sabia quem ele era. Prezava a liberdade do anonimato e quis compartilhar com ele a irresponsabilidade da mentira.

"Temporada de férias?", ela se atreveu, encorajada depois de ele abrir o caminho com um inesperado elogio do dia (tanto mais inesperado por ele ser supostamente casmurro), que a ela soou como um flerte canhestro.

"Mais ou menos. Pode não parecer, mas estou aqui a trabalho."

"Trabalha com turismo?", ela se esmerou na sonsice.

"Não", ele riu. "Sou escritor. Aproveito pra não perder a forma quando abre uma brecha na concentração."

Ela perscrutou o corpo dele, contra o sol, em silêncio. Pôs a mão sobre os olhos. "Aposto que não fala sobre o livro que está escrevendo."

"Em geral, não. Este é sobre o passado."

"É escritor memorialista?"

O escritor deu uma gargalhada: "O que é um escritor memorialista?".

Ela prosseguiu naquele teatro, fingindo timidez: "Que escreve de cor".

"De cor?"

"De memória."

"Como é que se escreve de cor?"

"Sem precisar imaginar, sem fazer esforço, contando só o que aconteceu. O passado já está pronto."

O escritor fez uma pausa para decidir se estava diante de uma mente excepcional ou de uma idiota.

"Claro. Se você se lembrar do que aconteceu", ele ponderou.

"Ainda não parece estar na idade de esquecer."

"Você por acaso se lembra de onde passou os últimos fins de ano?"

Por um instante, ela corou, como se ele a tivesse desmascarado. Sorriu, pediu uns segundos antes de responder, fazia parte do jogo, disse que ia começar a contar de trás para a frente, pelo último réveillon, mas não passou do penúltimo.

"Conheço gente que esquece tudo desde que nasceu", ele disse, referindo-se a si mesmo.

"Tenho muito medo de esquecer", ela respondeu.

Ele a observou em silêncio.

"Eu disse alguma coisa errada?", ela hesitou.

"Não, não. Estava pensando no que você disse."

"É terrível."

"Que é que você pode saber sobre isso? Também não parece ter chegado à idade de esquecer."

"Meu pai esqueceu tudo antes de morrer. Primeiro perdeu os nomes, depois as senhas, depois eu. Eu o perdi na pandemia."

"Desculpe."

"Tudo bem."

"Se a literatura fosse só memória, não dava pra falar da morte. A morte é sempre dos outros. E depois, a moral pode depender dos exemplos do passado, é bolinho, mas a ética exige um esforço de imaginação, não vem com mapa nem manual de instruções."

"Você quer dizer que a ética depende de imaginar a própria morte?", ela arriscou, sem saber se tinha entendido.

Ele hesitou antes de dar uma reviravolta radical à conversa: "Eu perdi um filho na pandemia".

A brincadeira com o escritor começava a perder a graça.

"Não precisa fazer essa cara", ele se adiantou. "Você também perdeu seu pai."

"É sobre isso que está escrevendo?"

"Sobre meu filho? Não. É sobre mim. É sempre sobre mim. Sobre o que sobrou. Pode parecer indecente dizer assim. Sei que vai achar indecente. É sempre melhor não dizer nada sobre os livros que ainda não foram escritos. É fatal."

"Deve ser estranho."

"O quê?"

"Escrever um livro de memórias."

"Por quê?"

"E depois ter de encarar as pessoas que também viveram aquilo e sabem que não foi assim."

"Nunca é."

"Então, não são memórias?"

"Afinal, de onde foi que você saiu?", ele perguntou, fingindo uma ponta de irritação, com um sorriso.

Ela achou graça: "Como assim?".

"As suas perguntas."

"Que é que têm?"

"Que é que você faz?"

"Na vida?"

"Por exemplo."

"Dou aulas de sociologia."

"E o que é que uma socióloga está fazendo neste lugar?"

"Viajando com meu filho."

O escritor se voltou para o menino.

"Vamos consultar um vidente", ela completou.

"Um vidente?"

"É, um homem que prediz o futuro."

"Eu sei o que é um vidente", ele riu.
"Esse é especial."
"Por quê?"
"Não se lembra de nada."
"Não é o principal atributo dos videntes."
Dessa vez, foi ela quem riu: "Perdeu a memória para o vírus".
O escritor pareceu não entender.
"O vírus se alojou no cérebro dele", ela explicou.
"Você acha que existe uma correlação entre não lembrar de nada e prever o futuro?"
"Deve haver, no caso dele. Voltou do coma lembrando de coisas que não tinham acontecido, como se lembrasse."
"Chama-se alucinação."
Ela riu de novo: "Uma vez, li num artigo que os pássaros não têm memória. É! Para poderem se adaptar às novas circunstâncias, têm a possibilidade de renovar os neurônios. E mudar de canto, por exemplo, para acompanhar o canto de pássaros de outro lugar".
"Onde você leu isso?"
"Já não lembro."
Ele balançou a cabeça, sorrindo.
"Em alguma revista científica, provavelmente."
"Certo. Fiquei sabendo recentemente, graças à entrevista de um escritor português, que os cientistas descobriram que afinal não existe imaginação, só memória. O mais engraçado é que o escritor já esperava por essa descoberta. E não se abalou. Se é que não ficou aliviado.

Está velho, não tem o que perder. Pra sorte dele, vive de recordações. Mas pra mim, que lembro tão mal, e que por isso mesmo invento, que é que sobra sem a imaginação? E então tentei imaginar um mundo sem imaginação, povoado de leitores obcecados pela verossimilhança entre os personagens e as pessoas reais. Leitores que só conseguissem apreciar nos livros o que reconhecessem do seu passado, o que confirmasse o seu gosto e o que os fizesse lembrar do que já tinham lido e pensado antes. Tentei imaginar, porque era o que me restava, um mundo reduzido à repetição e à crença, e fui tão bem-sucedido que até pensei, já que não há imaginação, em perguntar aos cientistas se aquilo que eu acreditava imaginar, confirmando a teoria deles, não passava, no fundo, de simples memória. E aí tentei imaginar a resposta deles também: 'Esse seu mundo', me diriam os cientistas, 'é inimaginável, porque nele não cabe nenhuma dúvida, nenhuma surpresa, nenhum desvio, nenhum erro, nenhum livro que diga o que não se conhece ou aquilo em que não se acredita a priori. E, logo, aí tampouco caberia a ciência. Por mais verossímil que pareça e por mais que se pareça com o nosso, seremos obrigados a dizer que é um mundo totalmente irreal, porque um mundo sem ciência é impossível, e a prova é que estamos aqui respondendo à sua pergunta'. E eu seria obrigado a trazê-los de volta à razão e a fazê-los lembrar que, como se não bastasse terem caído em contradição, supondo que sem imaginação pudesse existir ciência, não estariam respondendo a nada se eu não os tivesse imaginado."

"Então, é sobre isso que está escrevendo?", ela perguntou, sorrindo, encantada. "Não sei sobre a imaginação, mas a depreender do artigo científico sobre os pássaros, memória e renovação dos neurônios são incompatíveis. Numa encruzilhada da evolução, o homem tomou o caminho da memória, e os pássaros, o da renovação dos neurônios. Talvez, no caso do vidente, o cérebro tenha transferido, pela ação do vírus, o esforço da memória para os prognósticos."

"Ou para a imaginação", ele rebateu.

"Pode ser."

"Bom, eu te desejo uma ótima consulta com o vidente", o escritor concluiu, recolhendo suas coisas. "Quando é que vai embora?"

"Amanhã cedo."

"Se estiver livre, quem sabe a gente não podia jantar?"

"Obrigada, mas já tenho companhia", ela disse, sorrindo para o menino entre suas pernas.

"Claro. Fica pra próxima, então." Antes de sair, ele lhe fez uma última pergunta: "Mas, afinal, que é que você quer ver no futuro?".

"Saber se ainda posso encontrar uma pessoa que perdi. E desistir se não for possível."

E como o escritor parecia não entender, ela explicou: "Saber se ele está morto".

III. O sobrevivente

9.

Meses antes, uma estudante, em algum lugar no coração do país:
"Hipotético? Você não entendeu. É como a soma de números negativos. A soma de negros é sempre um déficit. Não faz sentido, mas é assim. É o princípio do cativeiro. Quanto mais você trabalha, mais se endivida. É isso que quer dizer 'já tem um lá', no final das contas. Não é que não pode acontecer; já aconteceu, bem aqui, debaixo dos nossos olhos, no hospital número 4. Você está ouvindo? É. Falhou. A imagem ficou congelada. A conexão aqui é muito instável. Vou repetir. Quatro é o número da rua. É o único hospital da cidade. Tudo bem que seja um caso em mil. Sei lá, dois mil, cinco, cem mil. Uma exceção, não importa. Aconteceu. Você foi até onde? O problema é um representar todos. Os nomes só

não aparecem pra preservar as identidades e garantir o andamento da pesquisa. Sei lá, pode ter um problema de privacidade aí. Você acha que estou me contradizendo? Claro que é delicado. O hospital estava com dois dos três leitos de UTI ocupados no dia em que os dois foram admitidos em estado grave. O H-4 tem um único ventilador — um único respirador, tanto faz — que estava disponível quando eles foram admitidos. Um homem de quarenta e dois anos, forte, sem histórico de doenças. O outro, de cinquenta e seis, pré-diabético, taxa de colesterol alta, hipertenso e com histórico de câncer na família. Os dois precisavam de ventilação mecânica. E qual dos dois tirou a sorte grande? O de quarenta e dois anos? Não. O outro, de cinquenta e seis. O detalhe — e não me venha dizer de novo que só levo isso em conta porque sou negra, porque agora é diferente —, o detalhe é que o homem de quarenta e dois anos, o morto, era negro, mas o sobrevivente também era. Então. Onde está o racismo? É a minha premissa. Os médicos não precisaram nem mesmo apelar para o protocolo. Mesmo sendo um caso excepcional, é exemplar. Quem é que mata jovens negros na periferia? Policiais negros. Exato. Você acha forçado? É só seguir o relatório. Está tudo aí, ninguém escondeu nada, só pra te dar uma ideia, nem passou pela cabeça deles que pudesse haver alguma dúvida, que a decisão impensada fosse resultado de racismo estrutural. Sim, a zona pode parecer cinzenta à primeira vista, uma decisão moralmente difícil em condições normais, mas o que eu estou defendendo é que não foi normal e que há crime. Por serem dois negros, o crime pode parecer invisível. Como? Falhou de novo. Merda de conexão! Pronto, voltou. Claro que é crime. Na verdade não tem nada cinzento. Está tudo registrado, todas as deliberações, para se proteger justamente, quando no fundo são uma confissão. Os dois doentes chegaram ao hospital com poucas horas de diferença, o morto primeiro, o que em princípio lhe daria prioridade sobre o outro, o sobrevivente, no uso do ventilador, nem que fosse por ordem de chegada. Isso no caso estapafúrdio de que fossem pacientes absolutamente idênticos. Não eram, entende? É aí que está o racismo. Se são negros, são iguais. Ilação? Um entrou às 12h45, o outro às 14h00. Seria uma lógica improvável, a dos médicos, você não acha? Não sabemos a cor dos plantonistas, mas tudo bem, não vou insistir por enquanto. Sabemos que estão em início de carreira, uma mulher e um homem. E que não são daqui. Tanto faz por enquanto, negros, brancos. A princípio também não sabemos se há alguma relação entre eles ou deles com os pacientes. Seria uma atenuante à minha hipótese, mas um agravante ao crime, se tivessem agido por razões pessoais que desconhecemos. Imagine os dois conversando sobre outro paciente ou sobre amenidades quando chega o futuro morto, em estado grave. A objetividade com que o recebem confirma que não o conhecem. Vou tentar me conter. Mas espere. Veja o que eles anotaram aqui. Não é incrível? Existe um único ventilador e eles resistem a que seja usado pelo novo paciente. Por quê? Incompreensível. O cara está sem ar. Em princípio, não estavam esperando esse segundo. E, mesmo se estivessem, o fato do outro também ser negro derrubaria minha hipótese de racismo, certo? Errado. Espere. A gente também podia supor que outros pacientes estivessem na fila do ventilador. Se o ventilador não estivesse disponível. E mesmo se houvesse espera, seria improvável que todos os outros fossem brancos, pela própria configuração racial da cidade. Que é que você quer que eu faça? São dados objetivos do censo. Somos mais da metade da população do país. Então, imagine aqui, nesta cidade construída sobre os restos de um quilombo. Sem falar na maioria nacional de infectados negros e pardos. A gente teria que dar algum crédito ao censo e imaginar que já houvesse pelo menos um negro na fila do ventilador, no caso de ter havido uma fila, é claro. Você prefere supor que o ventilador estivesse reservado aos brancos e abraçar a tese do apartheid oficial? Agora é você quem está se contradizendo. Opa. Está falhando. A imagem congelou de novo. Acho que é o sinal aqui. Oi? Está ouvindo? Voltou. A pergunta é: que é que eles estavam querendo dizer com 'já tem um lá' se o ventilador não estava ocupado? Está escrito no relatório. Pode olhar. Não faz sentido que estivessem constatando simplesmente que já havia um ventilador no hospital, porque isso eles já sabiam. Não faria sentido. Também fiquei perplexa. Será que estavam querendo dizer que o ventilador já estava ocupado, quando não estava? Um escândalo, certo?

Entre médicos! Uma aberração. Não pode ser, certo? Seria como se falassem de um fantasma. Também acho que não pode ser. Mas está no relatório: 'já tem um lá'. Não, por favor! Estou ouvindo. Quê? Falhou. Que mais a gente pode pensar? A loucura é que o ato de racismo que virá a seguir, se for mesmo um ato de racismo, e essa é a minha hipótese, simplesmente não pode existir, fica invisível, não só porque os dois pacientes são negros, mas porque seria uma aberração inverossímil demais, escandalosa demais, como se este país já não fosse inverossímil e escandaloso demais. Qual a tese? Que é justamente por serem consideradas impossíveis que as coisas acontecem sem que a gente as veja. Coisas inconcebíveis, absurdas. Como um fantasma, por exemplo, ocupando o respirador. Bom, caso único, primeira vez, exceção, o que você quiser, o fato é o que temos aqui. Sim, no relatório. Imagine que haja uma intimidade entre os dois intensivistas. Exagero? Não estou dizendo que tenham alguma coisa sexual, mas que trabalham em equipe e em harmonia, um não questiona o outro, há uma cumplicidade entre eles, uma naturalidade, um consenso. Sei lá, vai que estudaram juntos. Podia até ser que o plantonista tivesse deixado a mulher fazia pouco tempo, talvez tivesse acabado de se separar e estivessem conversando sobre isso. Não, não estou insinuando nada. Mas vai que a colega atribuísse o estado dele, que a gente não sabe qual é, à separação recente. E que houvesse uma cumplicidade entre os dois. Digamos que a mulher dele estivesse inconformada de terem vindo parar neste fim de mundo. Que os dois intensivistas só pensassem em sair dali. Só estou tentando imaginar. Vai que agiram por descuido ou distração, porque estavam com a cabeça em outro lugar. Nada a ver com a tese? Mais ou menos. Estou tentando imaginar quem é essa gente, tentando encontrar uma explicação pra decisão que eles tomaram. E descartar as falsas hipóteses. Pensam e agem em consenso, sem contradição. Como brancos. Mesmo se não forem brancos. Foi você que disse que não estava enxergando o quadro. Ok, agora sério. É possível e mesmo provável que o que tinha sido oferecido a esses intensivistas como provação e desafio de início de carreira tenha se tornado rotina e destino, se estendendo por mais tempo do que eles gostariam. É comum isso acontecer aqui. Vêm provisoriamente e se veem obrigados a ficar. Então, não é gente tarimbada nem feliz. Imagine que estivessem se sentindo condenados ao fim do mundo no plantão daquela tarde de domingo. É uma cidade perdida no meio do nada. Nunca? Não, nada do quilombo, nem uma pedra, nem um tijolinho, nem uma ossada, nada. É só um passo pra dizer que nunca existiu, certo? Que o hospital num lugar desses tenha um respirador já é um milagre — ou uma excrescência. Cidades maiores, a duzentos quilômetros daqui, não têm. Como é que se explica? E se eu te disser que foi uma doação anônima? Mais inverossímil, né? Pois então, assim que começou a pandemia, houve uma doação anônima de um respirador para o hospital número 4 desta cidade perdida no meio do nada, construída sobre os escombros de um quilombo. E como é que você interpreta isso? Alguém estava preocupado com as pessoas que vivem aqui. Sim, descendentes de quilombolas. Mas não só, não quilombolas também. Não sei, teria que ver. Enfim, o ponto de partida da pesquisa é essa frase sem sentido no relatório, mas o essencial é quem doou o respirador. A frase pode servir de metáfora, representação de um ponto cego, sem sentido, um ponto que engole e desrealiza a lógica e permite que tudo aconteça, 'já tem um lá', um fantasma, por isso resolvi usar como título do trabalho, mas o interesse e a explicação estão em quem fez a doação, óbvio, que também é invisível. Que é que o intensivista estava querendo dizer com 'já tem um lá', precedendo um ato que só com muita boa vontade a gente não consideraria subjetivo? Sim, porque há um protocolo consequencialista. Entre um homem mais velho, com histórico de doenças, e outro mais jovem e saudável, ambos em estado grave, é o mais jovem que prevalece, certo? É quem tem mais chances de vida. Não estou defendendo que seja justo ou injusto; é o protocolo técnico que eles contrariaram. Por racismo. Por cumplicidade ou complacência com um estado de coisas, com uma ordem subliminar, consensual. O mais jovem e mais saudável deveria prevalecer sobre o outro, com menos chances de sobreviver e que, pra completar, chegou depois, certo? Isso se não tivessem sido considerados iguais, por serem negros, em princípio tanto fazia quem era o mais jovem, tanto fazia qual morresse. Como se o protocolo não se aplicasse aos negros. Mas não é isso. Não é nada disso. É bem mais complicado. Eram iguais, mas só até um ser considerado menos negro que o outro ou até mesmo branco. Como? Falhou de novo. Oi, oi, oi! Voltou. Claro que sim. Dois negros. Já disse que sim. Você está com o texto aí. Não estou dizendo que os intensivistas fossem os únicos lá. É provável que houvesse outros, talvez não em volta deles. É um hospital pequeno, hora do almoço, domingo. As chances de que estivessem sozinhos é grande. Tomaram a decisão de não salvar a vida de um homem antes mesmo da chegada do outro. Ou nem precisaram tomar decisão nenhuma, porque já estava tomada. O aparelho não estava disponível para qualquer um. Um fantasma estava guardando o lugar que deveria ser público mas era privado. O quê? Peraí. Deixe eu ajustar o fone. Não é o que se conclui do atestado de óbito. Precisava, sim, chegou ao hospital, sufocando, pedindo ar. Por que o outro, o sobrevivente, foi direto para o ventilador e nem cogitaram essa possibilidade para o que morreu e chegou mais de uma hora antes? Seria o resultado de uma automatização abominável e irrefletida? O oposto do que preconiza o protocolo médico, por mais moralmente injusto que seja? Um erro, pra dizer o mínimo? Nada normal, mas como se fosse. Pra completar, o médico capaz de operar o ventilador só foi chamado depois da entrada do segundo paciente. O que você chama de buraco é na verdade o nó da pesquisa. Qualquer um estranha a doação de um respirador para o hospital de uma cidade construída no meio do nada, só que não, construída sobre os restos de um quilombo. Da mesma maneira que a cidade soterrou o que havia antes, tornando os vestígios invisíveis; do mesmo modo que transformou o que havia embaixo dela em nada, o doador também preferiu ficar anônimo. Agora, se você souber os nomes, muda tudo. O que estou querendo dizer? Que somos naturalmente levados a olhar para o outro lado. O que está por trás do caso que você critica, percebendo com razão que tem alguma coisa aí, uma falha que você identifica como buraco ou inverossimilhança, e eu, como racismo, porque vemos as consequências mas não conseguimos fazer a conexão com a origem, com a causa da ação, é que o principal, o que está em jogo aqui é da ordem do não dito. Até pouco tempo, eu mesma não sabia que a cidade tinha sido erguida sobre um quilombo, pra você ter uma ideia. Ninguém fala nisso. Só muito recentemente associei ao passado a predominância de negros, simplesmente porque a conexão não está dada, é visível mas ninguém faz. Quando me falaram disso pela primeira vez, achei que fosse invenção, mito. Do mesmo modo, a ausência do nome do doador te faz perder o foco, ficar interessado no relatório sem sentido de dois intensivistas que vão cometer o desvio, sim, porque você consegue identificá-lo, mas não a razão. Sim, o paciente mais velho não morreu, mas o mais jovem poderia não ter morrido. Subjetiva? A gente fica procurando uma razão nas palavras deles, no relatório. Você acha que é só acaso, distração, erro ou incompetência?

Que a decisão deles foi automática e inercial? Não passa pela sua cabeça que eles estivessem apenas seguindo instruções, obedecendo ordens? Que não houve acaso nem erro? Quer saber quem doou o ventilador? Vou te contar como começou essa pesquisa. Um amigo que é de uma cidade próxima me disse que existiu um engenho a trinta quilômetros daqui, de onde fugiram os escravos que fundaram o quilombo e que depois construíram esta cidade sobre o quilombo. Quer dizer, foram forçados a construir a cidade, como castigo, sobre os escombros. O antigo engenho, que passou de usina açucareira a fábrica de conservas, hoje está ligado à cidade por uma estrada com túneis e viadutos. Percorrer trinta quilômetros hoje não é nada, é só pegar a rodovia, mas na época, graças ao relevo, essa distância era praticamente intransponível. Por isso fundaram o quilombo aqui. Porque achavam que estariam protegidos. Este não é o lugar ideal para uma cidade, mas ela foi erguida aqui como castigo e vingança, para ser a destruição da memória dessa gente. Os antigos proprietários do engenho estão entre os fundadores da cidade e viveram aqui até os bisnetos venderem a usina há algumas décadas, contra a vontade da matriarca, que ficou de alguma forma apegada ao passado. Veja só. Hoje, desmemoriada, vive numa chácara na saída da cidade, amparada por duas cuidadoras. Negras, claro. Uma cena comum. Aonde estou querendo chegar? Que você poderia muito bem ter imaginado quem era o doador, como eu também poderia, mas fomos enganados pelo anonimato da doação. Os filhos dessa mulher doaram o respirador para atender a mãe que ficou pra trás, no caso de ela vir a pegar o vírus e sufocar. O respirador estava aqui, no hospital, à disposição dela. É o que eu estou dizendo, um respirador privado num hospital público, disfarçado de doação. Então, impossível. Não é metáfora nenhuma. É o retrato da nossa tragédia. Absurdo? Também acho. Mas fica pior. O médico que autorizou o uso do aparelho para o segundo paciente, o sobrevivente, não foi nenhum dos dois jovens intensivistas, que não estavam lá para autorizar nem decidir nada. Eles apenas assinaram o relatório e executaram as instruções do médico, sem pensar, porque é assim que isso acontece, sem pensar. O médico que deu a autorização, branco, e que era o único a saber operar o ventilador, vem a ser avô desse meu amigo. É médico da família dos antigos proprietários da fazenda de engenho. E por uma coincidência espantosa, o paciente de cinquenta e seis anos, o sobrevivente, negro, também trabalhou a vida inteira para essa família. Já não mora na cidade, mas quando foi internado, no início da pandemia, ainda vivia aqui e trabalhava de contador para a velha, cuidava do dinheiro dela. Você quer saber aonde eu quero chegar? E se eu te disser agora que, na frase sem sentido ('já tem um lá'), 'um' quer dizer 'negro', mesmo não havendo ninguém lá, já que o ventilador estava disponível? Um negro fantasma. Exagero? Você já reparou que toda foto de grupo de brancos racistas tem um preto no fundo pra constar? Um aliado sorrindo pra desmontar as acusações de racismo? Esse caso é exemplar do processo que impede que dois negros se vejam como uma força comum, como a raça que em contrapartida é o que não lhes permite viver com os mesmos direitos dos brancos, simplesmente por serem negros. Já tem um negro lá é a garantia perversa para que o racismo nunca apareça, nem para quem sofre as consequências. A frase é a esfinge da nossa miséria. O sobrevivente não é um negro, entende? Antes de ser negro, ele é o contador da velha, o capataz, o policial negro matando negros. Mas também é negro quando interessa a eles, que não são negros. Dois pesos, duas medidas. O negro fantasma. O ponto é que as armas são as mesmas do inimigo. Assumir que todos somos negros é a única saída, ao mesmo tempo que caímos na arapuca que armaram pra nós. Eles não precisam dizer 'somos todos brancos', porque não inventaram a branquitude, não precisam dela, podem ser uns diferentes dos outros, são eles que dizem onde está a diferença, quem é o outro. Pra nós, resta sermos todos iguais, uma massa igual de outros, ou morrer sem força de resistir, individualizados e enfraquecidos, contando o dinheiro dos brancos ou matando outros negros. É morrer ou morrer. E aí basta introduzir um fantasma negro pra fazer essa resistência desmoronar. 'Já tem um lá' quer dizer precisamente isso. Ou está difícil de entender? É o que faz o cara preferir ser contador, capataz, polícia, a ser negro. Na verdade, a branquitude não existe, porque seria o horror dos brancos. Assumi-la seria transformá-los em raça também, nos outros da gente, como fizeram com a gente. Eles decidem quem é o outro, quem é o diferente. E o outro corresponde ao que eles querem que ele seja. A diferença que eles nos atribuem é o que não nos permite ser diferentes uns dos outros. É o que faz o capataz querer ser capataz; o policial preto matar pretos; o contador, amanuense e amante da velha. Querem ser diferentes da massa de iguais que os brancos nos impõem, escapar ao inferno comum. E assim nos matamos. Nos matamos para não sermos iguais, para recusar a identidade que nos impuseram. Sim, é exatamente o que estou dizendo. Um fantasma. Sim, nesse caso também. É um desafio. Desculpe? Não! É claro que não tem nada a ver com oxímetro! E não me venha com metáforas sobre oxigenação. Sim, podiam até estar se perguntando se havia um oxímetro ou sei lá o quê, mas a frase no relatório não se refere a oxímetro nenhum. Isso é claro. Refere-se ao respirador. Ventilador, tanto faz. Não é metáfora! Eu sei que você também é negro! E...? Acha que sou idiota? Como é? Infundada? Não acredito no que você está dizendo. É claro que uma coisa não tem nada a ver com a outra! Se era uma pergunta, ficou sem resposta. Interpretação nenhuma. Claro que eu li! Não tem nada a ver com imaginação nem com oxímetro. Claro que não estou louca. Não estou vendo cabelo em ovo! Está falhando. A imagem congelou de novo. Que foi que você disse? O quê? Sua reputação?! Sério? Então, você é a confirmação mais perfeita da minha hipótese. Só falta dizer que não há racismo neste país! A imaginação é sua. Estou te apresentando os fatos. É lógico que não somos iguais. A tragédia é essa. Vou ter que repetir? Não há como enfrentar a suposição racista de que os negros somos todos iguais se não a aceitarmos e a convertermos em estratégia, num exército. Sim, é uma armadilha, e é o que temos. É a isso que estamos condenados, a eu ter de te convencer a ser meu orientador, quando no fundo não temos nada a ver um com o outro. Eu não te conheço."

Ela corta antes de ele poder dizer qualquer coisa. Pode alegar que a conexão caiu, o sinal estava péssimo. Mas mesmo assim não se contém. Ele tem a impressão de ouvi-la dizer "canalha", a imagem congelada na tela do computador, a boca entreaberta, a expressão feroz, antes de perder de vez o sinal.

10.

"Que mundo difícil onde a pessoa tem que se desculpar pelas más ideias dos outros, não? Você não sabe do que estou falando? Assisti a sua intervenção outro dia. Você me procura porque precisa de um orientador, diz que não me conhece e fica escandalizada quando penso na minha reputação? Lógico que fui ver na internet. Você quer que eu assine embaixo de coisas com as quais não concordo? Você acha que tudo o que você pensa está certo, porque foi você quem pensou? Nunca lhe passou pela cabeça que pode ter más ideias? Na verdade, péssimas. Por que eu tenho de achar que o exemplo da sua tese é um paradigma de racismo só porque o que o define é precisamente não ser apreensível como racismo? É claro que eu entendo a lógica, mas tem que pensar melhor, provar melhor. Não basta dizer que é racismo porque achamos que é, porque sabemos que existe racismo. Sim, é uma armadilha, mas você tem que ser boa o suficiente pra saber desarmá-la, em vez de aceitar participar do mesmo jogo. Você quer recriar as regras, mas para isso tem de pensar melhor. Eu assisti a sua intervenção. Ouvi você acusando a mulher branca de perpetuar o discurso do colonizador por ter citado Kafka. Sim, ouvi você chamando a mulher de racista, porta-voz e reprodutora do discurso do colonizador, por citar Kafka. Racista e vítima, sim, ouvi o que você disse. Racista e vítima, por incorporar e reproduzir inconscientemente o discurso do colonizador. Não precisa, eu entendi. Vítima, porque ela também é colonizada. Você disse que Kafka não existiria sem a escravização de milhões de africanos. Cristalina. Bem mais cristalina do que a lógica dessa sua proposta de tese. Sim, Kafka talvez não existisse, você e eu também não. E nem sua argumentação kafkiana. Estou de acordo quando você diz que as coisas se perpetuam porque são invisíveis, mas precisa dar um passo além da tautologia, tem de nos fazer ver. Não estou sendo abstrato, estou pedindo para você ser mais concreta. Arrume um exemplo melhor. Esse aí não para em pé. Você vai ser destruída na defesa, e a minha reputação por tabela. Você sabe que é isso que eles esperam, que uma mulher negra não esteja à altura deles. Você quer lhes dar razão? Pensamento original? Você acha mesmo? Eu? Como é que é? Círculo vicioso da lógica branca! Nem branca nem preta, a lógica é o campo de batalha e você está mal armada. Pra você não basta que o adversário pense mal, você quer que ele se ajoelhe e se desculpe pelas más ideias. Dele, é claro, não pelas más ideias suas. Como uma criança que não pode ser contrariada. O que eu estou pedindo é que você saia do círculo vicioso do ressentimento, que tenha boas ideias apesar das más ideias do adversário. Assassinas, sim, ideias assassinas. Mas se as ideias do inimigo são ruins e perversas — porque, apesar de ruins, também são eficazes —, por que você precisa recorrer a ideias ruins para combatê-lo? Porque foram eficazes contra você? Para manter-se no mesmo nível? Para humilhá-lo ainda mais? Para obrigá-lo a pedir desculpas pelas idiotices dele e pela perversão ao se reconhecer no espelho? Sim, minha reputação. Não vou me diminuir mais uma vez diante do inimigo, só porque você se recusa a pensar melhor, para obrigá-lo a se rebaixar até o grau zero da inteligência. Não vou fazer esse jogo. Sim, estou velho, ultrapassado, mas você pode mais que isso. Está falhando. Você está me ouvindo? Você está aí? Menina estúpida!"

Mas ela já não está lá.

11.

"Só mais uma coisa que ficou faltando. Agora por escrito. Já que não dá pra falar com você, resolvi mandar este e-mail. Aquele mundo que você lamenta acabou. É difícil aguentar o tranco, porque a gente está na passagem, ainda não sabe o que vai acontecer. A gente quer ver o futuro, mas o futuro agora é o presente, essa passagem interminável. Eu imagino como deve ser difícil pra você entender na sua idade, agarrado ao passado como a vítima ao torturador, inconscientemente, claro, e quem sou eu pra te explicar, mas a sua reputação já era. Este é um mundo mais burro? Talvez. Somos mais medíocres? É possível. Mas é o começo de um novo tempo e tudo o que você tem pra dizer faz parte do passado. Sim, é horrível. Sua lógica, suas ideias, sua razão que serviu de fachada pra que se perpetrassem tantos horrores. Tudo é passado. Posso imaginar a sua dor, mas imagine a dor de todos os que o passado excluiu e matou, esse passado ao qual você se agarra pela sua reputação e pelas ideias que não serviram nem pra te acordar e te fazer enxergar a tempo a verdade do mundo onde achava que era feliz. Se no passado a sua reputação queria dizer alguma coisa para um punhado de cúmplices cegos, hoje não diz mais nada a ninguém. Você acha que a sua inteligência agora é perfumaria? Acha que a minha lógica e o meu exemplo não param em pé, que meus argumentos são ruins, que me entreguei à burrice das massas ignaras, mas veja a sua razão, a sua lógica e os seus argumentos, veja aonde tudo isso nos trouxe. Você acha que eu não tenho razão de abraçar a burrice? Você acha que eu não vejo a burrice? Você acha que não faz sentido? Acha que é por oportunismo que eu não resisto ao presente? Por acomodação? Covardia? Então me diga de que adiantou a sua coragem e a sua independência intelectual. Sim, me diga. Você acha que esse mundo novo é consequência da burrice que, segundo você, o caracteriza? A sua lógica não funcionava por causa e consequência? Então raciocine. Este mundo é resultado do seu, das suas ideias, de tudo o que você não quer perder, de tudo o que você não fez. Este mundo é consequência de tudo o que você defende. Paradoxo? Pois é. Quer saber o final da história do sobrevivente do hospital 4? Quando voltou a si, já não se lembrava de nada. Já não sabia que tinha sido negro, contador e amante de uma mulher branca, vinte anos mais velha e agora demente. Você quer saber o que eu descobri? Que esse homem amnésico, o negro da velha, herdeira de uma família de senhores de engenho, antigos proprietários de escravos e fundadores desta cidade, agora prevê o futuro pra brancos desesperados, vestido de profeta num oráculo improvisado no meio do mato, no interior do país. Faz sentido pra você? Pra mim faz todo o sentido. Talvez tenha chegado a hora de você se recolher ao seu lugar e à sua insignificância. Não sei quais são seus planos, aposentar-se talvez, mas, pra terminar, só queria dizer, se me permite um conselho, que não vejo futuro pra você como vidente."

iv. Debaixo dos jatobás

12.

Com o isolamento, tudo mudou de figura. Entenderam que o mundo onde tinham vivido talvez não existisse. Não era que tivesse deixado de existir; talvez nunca tivesse existido. De repente o passado era só um sonho ou um pesadelo, dependendo de quem sonhava e do que tinha perdido nesse meio-tempo. Entenderam que as pessoas podiam ser muito mais burras e violentas do que era concebível no mundo que perderam mas que talvez nunca tivesse existido, o que já os incluía de alguma maneira entre os burros. A exemplo do vírus, dissociaram a morte da moral. E aceitaram como natural o que antes era inconcebível. No início pode até ter sido um alívio. Mas só até a lama começar a espirrar de volta.

A consciência do horror se instilava nas histórias que ela contava ao filho sem que ele pudesse entendê-

-la. Se o passado era apenas sonho ou pesadelo, a memória era imaginação. E se ela se recusava a esquecer, era porque queria lhe dar uma perspectiva para além do realismo cínico ao qual tinham sido confinados.

Um pátio de jatobás precedia a casa de consultas. Era ali que eles esperavam para ser atendidos pelo sobrevivente, ao redor de mesas redondas de cimento, com os pés caiados fincados no chão de terra batida. Passavam horas à espera, à sombra dos jatobás. Alguns podiam esperar mais de um dia, mas eram exceções. A maioria era atendida em até vinte e quatro horas. O sobrevivente via no máximo quatro pessoas por dia, duas de manhã e duas à tarde. Mesmo com consulta marcada (e não havia possibilidade de serem recebidos sem marcar com semanas ou até meses de antecedência, dependendo da época), ainda assim era preciso esperar. Para que não tivessem dúvida sobre quem detinha a exclusividade das previsões. O sobrevivente tratava cada caso de acordo com particularidades pouco claras, aplicando-lhes uma lógica imprevisível, que já era parte da estratégia de preparação dos visitantes. Ninguém sabia ao certo quanto tempo ia ficar na cidade. E por isso também não podia haver reservas nas pousadas. Ela deu sorte. Conseguiu um quarto na melhor e mais concorrida. Era a primeira que os visitantes procuravam ao chegar. Estava sempre cheia. Seus companheiros de espera, os dois homens com quem ela acabou dividindo a mesa debaixo dos jatobás, estavam hospedados em pousadas bem menos simpáticas e mais distantes que a dela.

Durante o isolamento, a espera tinha impregnado de tal forma a vida, como fundamento existencial, que à saída da quarentena já não havia organização social ou empreendimento que sobrevivesse sem encerrar alguma forma de expectativa como base estruturante. Que essa espera tivesse a ver com o restabelecimento de um sonho de futuro só tornava tudo mais atraente. Depois da espera sem perspectivas da quarentena, o prognóstico restituía à esperança um sentido místico, quase extático. Foi ali, durante as horas que passou debaixo dos jatobás, que ela escutou a história do enfermeiro que renascera ao aceitar uma missão que não podia cumprir, e do homem que procurava o irmão gêmeo, que ele não conhecia. Foi ali que se encontraram por acaso, por terem chegado mais ou menos ao mesmo tempo. E também foi ali que ela escutou pela primeira vez a história completa do vidente: que sobrevivera graças a um milagre, ao ser internado num hospital perdido no cu do mundo mas que tinha, apesar disso, o único respirador disponível num raio de centenas e centenas de quilômetros.

A espera obedecia em princípio, mas apenas em princípio, à ordem de chegada, quando os visitantes se registravam no Livro dos Votos. Os três chegaram em sequência, com a diferença de uma hora ou menos, era natural que acabassem juntos, dividindo a mesma mesa. Antes de ela sair da pousada, de manhã, o recepcionista desejou que aquele fosse o seu dia. Todas as manhãs ele se despedia dos hóspedes com um pequeno farnel para a jornada de espera, desejando-lhes boa sorte. Era simpático, e aparentemente sincero, como se não houvesse cálculo na ordem imprevisível das coisas, como se não soubesse do processo ao qual eram submetidos os visitantes, que a espera já era parte da preparação, sob a supervisão dos ajudantes do sobrevivente que circulavam pelo pátio debaixo dos jatobás como quem não quer nada. Quanto mais refratário se mostrasse o visitante, mais tempo passaria ali. Tinham que ser quebrados. Queriam ouvir o futuro, sabendo que o futuro não se dizia. A espera era a gota de álcool servida a alcoólatras que se acreditavam curados. Eram atendidos quando, no limite da exasperação, já não tinham razão na qual se apoiar. Quando já não percebiam que estavam loucos de esperança. Era aí que acreditavam em qualquer coisa.

v. "Se você considerar
que uma noite é conhecer"

13.

"Hoje, na mesa do café da manhã, um hóspede contou que, durante o confinamento, usou um drone para sobrevoar parques e outros lugares interditados. Enquanto estava isolado em casa, viajava vicariamente, por meio do drone. Numa dessas vezes gravou sem querer a cena de um crime", ela disse aos dois colegas de mesa, depois de lhes contar a razão de estar ali, que procurava o pai do seu filho.

"Ou pelo menos foi o que ele disse", ela emendou. "Que era uma cena suspeita: uma pessoa carregando outra nos braços, no meio de um parque fechado durante a quarentena. Quando procurou a polícia, eles confiscaram o drone, porque ele não podia ter sobrevoado o parque, não tinha autorização. E nunca mais disseram nada, como se não houvesse nenhum interesse pela cena que ele tinha revelado, como se ela devesse ser esquecida."

"Talvez eles soubessem do que se tratava", disse o homem acanhado, com bigode cor de ferrugem, à sua direita.

"Mais estranho é ele ter vindo até aqui pra saber o que realmente viu. É isso, pelo que entendi, não é?", perguntou o outro, de olhos azuis, óculos quadrados e sobrancelhas grossas, muito pretas.

"Sim, é isso. Estranho por quê? Não vejo nada de estranho. E você? Por que está aqui?", ela o desafiou.

"Ouvi coisas incríveis sobre ele. Quando entra em transe, não vê apenas o futuro, também pode estabelecer contato com o universo invisível, fazer uma viagem ao mundo microscópico. Ele fala sobre o terror dos gritos dos vírus", o homem de óculos respondeu.

"Gritos dos vírus?"

"Gritam sem parar enquanto se multiplicam. Ou melhor, desculpe, não são exatamente gritos, são grunhidos, isso, ecos de uma voracidade masticatória. Parece que é ensurdecedor dentro do corpo", ele continuou, impassível, sem deixar transparecer se falava a sério ou se zombava dela.

Ela deu uma gargalhada. "Era o que faltava! É piada? De onde você tirou isso?"

"Sério! Parece que ele sobreviveu por milagre, porque havia um ventilador, um único respirador no hospital da cidade onde vivia, um lugar perdido no meio do nada. Ninguém imagina que vai encontrar um ventilador num lugar onde mal há médicos. E quando voltou a si já não se lembrava de nada, profetizava. Pra confirmar a sina deste país", ele continuou, imperturbável.

"Você quer dizer que o messianismo é o nosso destino?", ela perguntou, irritada.

"Não quero dizer nada. Você é que quis saber o que me trouxe até aqui. E a resposta é que também vim por causa de uma história de UTI. Sou enfermeiro", ele respondeu, sorrindo da impaciência da colega de espera, como se já a tivesse em suas mãos. Disse que estava ali em busca de um desfecho, uma resposta, como ela e o homem de bigode cor de ferrugem à esquerda dele. Tinha acompanhado os últimos dias de um paciente na UTI que antes de ser intubado lhe pediu um favor que ele não soube cumprir. Foi o seu último desejo, suas últimas palavras.

"Não o vi chegar. Não fui eu que o recebi. Eu não estava no hospital naquele dia. Era minha folga. Quando voltei já o encontrei na UTI. Ainda não tinha sido intubado. A gente conversou um bocado naqueles dias. Ele queria falar, parecia querer contar coisas que nunca tinha dito a ninguém. É normal. Imagine que você tem grandes chances de morrer e que aquelas podem ser as suas últimas horas e as suas últimas palavras. Não é possível que você não tenha nada a dizer a ninguém. Ele não me escolheu. Foram as circunstâncias. Eu estava à mão. Coube a mim o papel que ele poderia ter atribuído a qualquer outro. Mas, ao contrário dos outros pacientes, que também estavam sozinhos, ele não tinha ninguém fora dali. Não falava com ninguém. Não ligava nem recebia ligações. Não chorava. Tudo o que se sabia sobre como tinha chegado ao hospital era que um vizinho chamara um táxi e o motorista o internara. É a assinatura do taxista que consta na guia de internação, o nome e o celular do taxista, no lugar do responsável, apesar de nunca terem se visto antes daquela noite. São os anjos que aparecem no final. Ao contrário dos outros pacientes, ele não me pediu pra pôr a família no celular pra se despedir. Mandou me chamar, queria falar comigo. Uma vida comum tem pouco interesse pra quem não a viveu. O que você acha interessantíssimo, porque aconteceu com você, costuma ser de uma banalidade constrangedora. Basta você começar a contar. As pessoas falam de mamãe, papai, seus irmãos, das casas onde moraram, das viagens que fizeram na infância, como se tudo aquilo fizesse algum sentido, mas o que ele queria contar era outra coisa. Esperou o último instante pra me fazer um pedido. O que tinha contado até então era só o preâmbulo."

"E qual é a história?", ela o interrompeu, impaciente.

"Dias antes da morte dele, quando já estava sedado, no ventilador, um jornalista visitou o hospital. Era um homem comum, simpático mas não especialmente, uns quarenta e poucos anos, nem bonito nem feio, um tipo que você não notaria na rua. Estava fazendo uma reportagem sobre os serviços de urgência na pandemia. Passou uma semana conosco. Na última tarde eu o vi paralisado ao pé da cama daquele homem entre a vida e a morte, respirando com o auxílio de aparelhos. Devo ter perguntado alguma coisa que não dizia respeito ao paciente, alguma coisa sobre a reportagem, porque era o último dia do jornalista no hospital, mas ele não me respondeu. E foi só então que notei que não estava me ouvindo, estava paralisado ao pé da cama. Durante a reportagem, não tinha se interessado por nenhum dos pacientes em particular. Evitava aproximar-se deles, por medo ou pudor talvez, pra preservar o que lhes restava de privacidade no final da vida. Parecia um homem honesto e consciencioso.

"'Tudo bem?', eu insisti, mas ele continuava mudo.

"Eu me aproximei e foi só aí, ao se dar conta ou lembrar da minha presença ao lado dele, que ele me perguntou sobre o doente: 'Há quanto tempo ele está aqui?'.

"'Você o conhece?'

"'Não exatamente.'

"'A gente está procurando alguém da família', eu disse.

"'Ele não tem ninguém?'

"'Foi trazido por um taxista, que assinou a ficha de internação.'

"O jornalista estava perplexo. Não conseguia tirar os olhos do paciente.

"'Você o conhece?', eu insisti.

"Ele seguia mudo. Até que, de repente, como se fizesse uma confissão, respondeu: 'Se você considerar que uma noite é conhecer'.

"Demorei uns segundos até entender do que é que ele estava falando. Não foi por pudor. Não sou do tipo preconceituoso. Mas por uns segundos o que eu havia imaginado sobre aquele homem, morrendo, com base no que ele mesmo tinha me contado, não correspondia ao que agora eu ouvia."

"E daí?", ela o interrompeu de novo, sem disfarçar a irritação crescente. Ela estava ali para saber o destino do pai do menino que seguia brincando a seus pés. Já não tinha paciência para rodeios e suspenses. Queria chegar de uma vez ao fim da história.

"Era a primeira informação em dias, depois de ele ter sido intubado, a primeira pista objetiva, externa, sobre aquele paciente. E eu a recebi com um certo arrebatamento, óbvio. A gente costumava conversar sobre um monte de coisas, ele tinha opinião sobre tudo, mas nunca falava de si. Quando entendi o que o jornalista estava dizendo, eu o bombardeei com uma batelada de perguntas que ele já não queria ou não podia responder. Era o último dia dele no hospital. O último dia de reportagem. Mas era como se o repórter fosse eu e o trabalho estivesse apenas começando."

"Ele não voltou?", ela quis saber.

"Ao hospital? Não. E a matéria também não saiu."

"Não publicaram?"

"Não. E o paciente morreu dias depois."

"Você não procurou o jornalista?"

"Procurei, claro. Liguei pra revista pra avisar que o paciente tinha morrido, mas não consegui falar com ele. Deixei um recado, que eu não sei se ele recebeu. Não ligou de volta. Mas aí, há dois meses, por uma dessas coincidências que só acontecem em filme, eu o vi na rua. No início ele não me reconheceu, ou fez que não reconheceu, mas quando mencionei o hospital, como se de repente estivesse arrependido ou envergonhado, e depois de se desculpar por não ter publicado a reportagem, ele me convidou para tomar um café. Ao contrário daquela última tarde no hospital, parecia que agora queria falar, mas logo entendi que tinha mais perguntas do que respostas. Queria saber o que o paciente tinha me dito antes de ser intubado. Tentei redirecionar a conversa. Por culpa, eu acho, mais do que por algum sentido ético, não me sentia à vontade pra falar do último pedido do morto. Respondi que a gente costumava falar sobre o que estava acontecendo no mundo, sobre as perspectivas do fim da pandemia. Eu achava que pudesse arrancar alguma coisa do jornalista, não queria perdê-lo de novo. Contei o que o paciente tinha me dito sobre o Oriente Médio, quando uma mulher síria foi internada em estado grave ao lado dele. Achei que o jornalista pudesse ficar interessado. Eram assuntos da atualidade. O paciente arranhava um pouco de árabe. Tinha vivido no Egito. Chegou a me dizer uma ou outra coisa em árabe, eu disse ao jornalista.

"'O quê, por exemplo?', ele me perguntou, mas sem maior interesse, por automatismo.

"'Sei lá. Não sei por que guardei um verbo: moer. *Tahn*. Não lembro o contexto.'

"'Ele não te disse por quê?' Contra a minha vontade, o jornalista tentava retomar o controle da entrevista.

"'Por que o quê?', rebati.

"'A razão de ter vivido no Egito.'

"'Não sei, não perguntei. Era ele que falava. Eu escutava. Ele dizia o que queria. Estava morrendo. Por quê? Você tem alguma ideia sobre o motivo dele ter vivido no Egito?', tentei retomar as rédeas.

"Mas nem isso ele respondia. 'Nenhuma', ele disse. O jornalista era uma máquina de dúvidas, a caricatura de um repórter. Mal ouvia minhas perguntas. Queria saber que mais eu tinha conversado com o morto.

"Lembrei de outra palavra que o paciente tinha dito e que eu também não conhecia, só que dessa vez em português mesmo: rípio. Tive de procurar no dicionário, com vergonha de perguntar a ele.

"'Quer dizer o quê?', o jornalista perguntou.

"'É a palavra que sustenta o verso, que preenche a métrica. Rípio.'

"Eu disse ao jornalista que não entendia nada de poesia e aproveitei para voltar às perguntas. Me fiz de tonto. Tive uma amiga que manipulava as pessoas assim, fazendo-se de idiota. Me inspirei nela. Perguntei ao jornalista se tinha sido mesmo uma única noite ou se aquilo era maneira de dizer.

"'Você já leu Platão?', ele respondeu com outra pergunta.

"Aquilo me irritou e me surpreendeu ao mesmo tempo, porque não fazia nenhum sentido naquela conversa (e eu nunca tinha lido Platão), mas também porque o paciente vivia citando os gregos na UTI.

"O jornalista queria saber se eu tinha lido o *Banquete*, de Platão. Nunca fui de ler. E Platão de repente soava como condição para dar prosseguimento à conversa, leitura incontornável, que só um imbecil não teria feito. Soava como provocação. Era completamente diferente de quando o paciente me falava dos gregos. Ele não queria me constranger ou provar coisa alguma, falava dos gregos como quem conta piadas.

"'Li faz tempo, na escola, como todo mundo', eu respondi. E mal terminei a frase, já não sabia como remediar o erro. O jornalista sorriu. Ninguém lê Platão na escola. Eu devia saber pelo menos disso.

"'Então deve se lembrar do final, quando Alcibíades encontra Sócrates', ele disse. 'Alcibíades, sobrinho de Péricles, herói e traidor da Guerra do Peloponeso', acrescentou, como se quisesse me fazer lembrar, sabendo que eu ouvia a história pela primeira vez.

"Eu não tinha o que dizer. Acho que só confirmava com a cabeça, como se lembrasse, ou nem isso. Talvez eu apenas sorrisse sem graça, melhor do que balançar a cabeça feito tonto.

"'Alcibíades chega bêbado à casa onde Sócrates está reunido com amigos. Não sabe que Sócrates está lá, ou talvez saiba, mas se faz de surpreso ao vê-lo. Está ali por puro interesse pelo dono da casa, que não por coincidência está começando uma história com Sócrates. Alcibíades então resolve fazer uma declaração de amor em público.'

"'Ao dono da casa?'

"'Não, a Sócrates! Alcibíades é uma puta. Um rapaz de beleza estonteante, um guerreiro popular. Mesmo assim nunca conseguiu os favores de Sócrates. E é disso que ele fala, da resistência do velho a sua beleza, a sua juventude, seu charme e seu carisma. Faz o elogio de Sócrates, mas na verdade está tentando conquistar o dono da casa. Faz o elogio de Sócrates para, no final, poder censurá-lo. Diz que, assim como o havia seduzido, Sócrates também cortejara outros rapazes e os enganara, acenando com a possibilidade de se tornar amante deles quando na verdade só queria ser amado. E Sócrates, que não era bobo nem nada, percebe qual é o jogo e desmascara Alcibíades ali mesmo.'

"Aquela história já estava me dando nos nervos, eu não via aonde o jornalista queria chegar, mas ele prosseguia, afastando-se do assunto da nossa conversa, que era o morto", o enfermeiro disse, fitando seus companheiros de espera, e ela em especial, que parecia ter esquecido a irritação e o escutava, com os cotovelos apoiados na mesa de cimento e o queixo sobre os dedos entrecruzados.

"E aí ele me disse: 'Na declaração de amor que faz a Sócrates mas que na verdade é dirigida ao dono da casa, que ele quer afastar de Sócrates, Alcibíades fala do poder irresistível das palavras, da beleza do que Sócrates diz. Fala do poder hipnótico da fala. Era disso que eu também estava falando quando mencionei uma única noite. Fui tragado pelo que ele dizia. Se eu te disser que não me lembro de nada, você vai achar que estou de sacanagem. Mas a verdade é que não faz diferença. Não sei nem mesmo se entendi o que ele me disse naquela noite. Acho que foi uma espécie de preleção. Você disse que conversava com ele no hospital. Foi por isso que eu quis saber o que ele falava. E se você também tinha sido seduzido'.

"Pensei um pouco. Não era exatamente sedução, mas, de fato, tinha acontecido alguma coisa entre nós no hospital. Eu também tinha uma memória vaga das nossas conversas na UTI, ele gostava dos gregos, mas eu não conseguia me lembrar de nada, nenhum nome, nenhum assunto específico. A não ser da missão que ele me deixou e que eu não sabia como cumprir. Não entendia, e continuo sem entender, a razão de queimar uma caixa trancada e sem chave. Não tinha coragem, quer dizer, não tenho coragem de queimar a caixa sem saber o que tem dentro."

"Que caixa?", ela perguntou, interessada.

"Esta", o enfermeiro tirou o celular do bolso e mostrou a foto de um pequeno baú de madeira, com uma estrela marchetada em cada lado.

"É uma rosa dos ventos", ela disse, mostrando o celular ao filho, que subira em seus joelhos. E, devolvendo o celular ao enfermeiro: "É bonita".

"Como é que vocês fizeram quando ele morreu, se não tinha ninguém da família?", perguntou o homem de bigode.

"Ele deixou um testamento com instruções para a cremação."

"E não fazia menção à caixa?"

"Não."

"Você devia ter aproveitado a cremação", ela disse.

"Na época, eu também pensei. Mas então o testamento revelou que ele tinha uma filha nos Estados Unidos."

"Uma filha?"

"Foi exatamente essa a reação do jornalista. Quando mencionei a filha, ele deu um pulo pra trás.

"'Foi uma pena não termos conseguido falar com ela quando ele estava vivo. Ele teve uma filha há vinte anos, com uma americana. Você não sabia?', eu perguntei, pra provocá-lo, no caso de ele saber mais do que estava dizendo.

"'Por que eu saberia?', o jornalista respondeu.

"'Parece que não se viam nem se falavam. Ela não quis vir para a cremação do pai.'

"'Por que você não manda a caixa pra ela?'

"'Acho que ele não queria. Ou não teria me pedido pra queimá-la.'"

"Então queima", ela disse, com o filho no colo, sem querer entender o motivo da hesitação.

"Não posso, enquanto não souber o que tem dentro. Podem ser os escritos dele…"

"Como Fernando Pessoa ou Kafka!", ela o interrompeu, irônica.

"Vai ter que abrir pra saber", disse o homem de bigode.

"E faltar com a palavra?"

"Qual é o problema? Já está faltando com a palavra de qualquer jeito", ela retrucou. "Olha só: é simples, ou você queima ou não queima. E se não consegue queimar, já faltou com a palavra mesmo, é mais fácil abrir a caixa de uma vez."

"Teria que quebrar. Não tenho a chave. E, pra falar a verdade, tenho medo do que posso encontrar lá dentro. Perguntei ao jornalista o que ele faria no meu lugar."

"E que foi que ele disse?"

"Que queimava."

"Então?"

"Eu quis saber por quê."

"E ele?"

"Ele disse: 'Porque ele pediu. E você deu a palavra. Não pensou duas vezes antes de prometer, pensou?'.

"'Pensei, claro que pensei.'

"'Mas prometeu.'

"'Eram as últimas palavras dele, o último pedido.'

"'Quer saber? Você precisa de alguém pra te dizer o que vai acontecer, independente da sua hesitação e da sua vontade', o jornalista me disse.

"'O que você está querendo dizer?', eu perguntei.

"'Você acha que o futuro é resultado da sua vontade?'

"'Não.'

"'Então, basta achar alguém que te diga o futuro e aí não importa mais o que você decidir. Sabe a história de Édipo?'

"Ele insistia nos gregos.

"'Então. Tanto faz o que você decidir. Não dá pra evitar o futuro, vai acontecer de qualquer maneira.'

"'Você está dizendo que devo consultar um oráculo?'

"'Exato.'

"'Quando você me falou de uma única noite, achei que vocês pudessem ter sido amantes por uma noite. Desculpe.'

"'Não tem por que se desculpar. Foi isso mesmo. E não tem nenhum problema. No *Banquete*, de Platão, Alcibíades fala da sedução da palavra, diz que se apaixonou pela palavra, mas é um sonso, um dissimulado. E é desmascarado por Sócrates.'

"'Você também foi seduzido pela palavra dele.'

"'Mais ou menos. Fui desmascarado.'

"'Por quê?'

"'É complicado. Como é que eu posso dizer? Ele queria me mostrar que o pensamento positivo é uma forma de estupidez.'

"Eu não estava entendendo. 'Você fala como uma esfinge, por adivinhas', eu disse ao jornalista.

"'Naquela única noite, depois do sexo, a gente teve uma discussão sobre política, não consigo lembrar exatamente o quê. Foi uma briga totalmente tola e dispensável. Uma coisa maluca. Fiquei espantado que a gente pudesse ter chegado àquele ponto depois de ter transado. E ele me mostrou que o meu espanto já era a resposta.'

"Eu continuava sem entender. E ele prosseguiu: 'É como eu te disse, tenho uma lembrança difusa da conversa, mas entendi a lição e guardei a moral. Ele me fez entender que eu estava me fazendo de tonto, inconscientemente talvez, como se não soubesse como é que a gente tinha chegado ali, politicamente. Como é que tudo podia ter dado tão errado entre a gente? É claro que eu sabia. E ele me mostrou que não saber já era a explicação. No fundo eu sabia, todo mundo sabe, mas o pensamento positivo faz a gente tomar caminhos enviesados pra evitar o que tem diante dos olhos, encobrir o óbvio que nos incrimina, mistificando a incompreensão. Ele me jogou a hipocrisia na cara. Isso nunca aconteceu com você? Nas conversas que vocês tinham no hospital?'.

"'Que eu me lembre, a gente não estava transando.'

"Ele fez uma cara de tristeza. 'Desculpe. Não tem graça', eu tentei me corrigir. 'Ele nunca me confrontou com nada. Ou talvez eu seja mais burro que você e não percebi.'

"'É o pensamento positivo que faz a gente repetir os mesmos erros como se estivesse errando pela primeira vez.'

"Ali eu comecei a achar que o jornalista queria me dar uma lição. Talvez se vingasse do morto. Talvez estivesse com ciúme. Sei lá. Tanto faz. Me irritei e não quis saber mais nada. Mas a verdade é que acabei seguindo o conselho dele. E é por isso que estou aqui."

"Pra saber se vai abrir ou queimar a caixa?", ela perguntou, sarcástica, desviando os olhos para o filho, que voltara ao chão de terra batida.

"Acho que sim. Não sei direito. A esta altura, qualquer coisa tá valendo."

Era engraçado que, para entender o que tinha acontecido, eles precisassem consultar o futuro.

"Pra você não?", o enfermeiro perguntou, para provocá-la.

"Pra mim?", ela disse surpresa, levantando os olhos. "Acho que estou cansada de esperar. Sim, o que ele disser vai me tirar desse impasse."

"Acha mesmo?"

"Ou pode me desmascarar, como o seu jornalista, pelo morto. Eu te digo na saída", ela forçou um sorriso cansado.

"Gostei quando o jornalista associou pensamento positivo a burrice", interveio o homem de bigode.

"Na verdade, não foi ele quem disse isso."

"Eu entendi."

"E é mais do que isso: sem pensamento positivo, o destino não se cumpre, não há tragédia", o enfermeiro concluiu.

"Você está associando esperança a tragédia?", o bigodudo perguntou.

"Veja só Cassandra anunciando o pior. Ninguém a escuta. Preferem achar que ela é louca. A palavra contra o pensamento positivo é inútil", ela interveio a favor do enfermeiro.

Os três fizeram um instante de silêncio.

"Não me lembro de nada do que ele disse no hospital. De repente, o jornalista inventou toda essa história."

"Será? Pra quê?", ela o questionou.

"Talvez quisesse me fazer ver um personagem que nunca existiu."

"E pra que ele faria isso?"

"Por simples manipulação talvez. Sei lá. Um jogo de poder. Eu estava numa posição frágil, ele podia inventar o que quisesse. Pode acontecer de novo aí dentro", ele disse, olhando para a casa de consultas.

"Mas consultar um oráculo já faz parte de um pacto. Não importa a manipulação. Foi você mesmo quem disse que qualquer resposta serve", ela argumentou.

"Você também pode ter inventado essa história pra nos entreter enquanto esperamos. Pode nem ser enfermeiro", o do bigode completou.

Ele deu de ombros e sorriu.

Ela fez um muxoxo incrédulo. "E não é estranho que a gente tenha vindo até aqui pra isso?", perguntou.

"Muito", disse o enfermeiro.

vi. O irresponsável

14.

Depois dela e do enfermeiro, só faltava o bigodudo dar seus motivos, contar sua história.

Tinha se mudado para a casa da mãe durante a quarentena. Deixou a família (mulher e filhos) para cuidar da mãe, que perdera a cabeça, o fio de razão que lhe restava, com o início da pandemia. Ela não podia sair, já não lembrava o que lhe diziam e, no meio da demência, contou ao filho uma história que, por não poder comprovar, ele transformou em obsessão.

O risco de contágio durante a pandemia não permitia que na casa da mãe tivesse gente entrando e saindo, e nenhuma das três acompanhantes que se revezavam nos cuidados da senhora de noventa e quatro anos podia abandonar a família para ir viver com ela em dedicação exclusiva. Coube a ele, filho único, assumir a responsabilidade da qual vinha fugindo por antecipação desde a adolescência. Saiu de casa aos dezesseis anos para ganhar o mundo. Durante anos voltou apenas no Natal. O acaso fez que numa dessas visitas fosse apresentado à mulher com quem acabou se casando e se reinstalando, a pedido dela, segundo ele, na cidade onde nascera e que evitava com todas as forças. Passou a vida dizendo que, se tivesse irmãos, seria o último a aparecer, aquele que ninguém vê, o irresponsável cuja irresponsabilidade é ao mesmo tempo reprovada e invejada por todos, o irmão que nunca estaria disponível, o filho imprestável. Foi a mulher quem lhe disse que dessa vez ele não tinha opção, teria de abandoná-la, e aos filhos, para afinal assumir o destino do qual fugia. Por mais que o recusasse, chegara a hora de encará-lo. Ele levou alguns dias para se acostumar com a ideia. E já que teria de voltar de mala e cuia para a casa da mãe, de onde saíra adolescente para tentar a vida longe dela, pensou em pelo menos criar um ambiente que lhe permitisse trabalhar apesar de tudo. Colocou o computador num canto da sala, virado para a parede, de modo a não poder vê-la nem ouvi-la, com auxílio de fones de ouvido, enquanto se concentrava no que tinha a fazer. A mãe insistia em que trabalhasse no que ela chamava de escritório, o quarto dos fundos, onde, segundo ela, teria o conforto de um verdadeiro escritório. Ele recusou a oferta, o quarto dos fundos ficava ao lado do quarto da mãe, mas a recusa não a impedia de insistir no convite, diariamente, esquecida de que o tinha convidado na véspera.

Se a demência fosse como uma simples queda, uma ruptura que se instalasse com a violência da morte, ele não teria nem tempo de se irritar. Mas a mãe tinha altos e baixos, dias bons e maus, lapsos de uma lucidez tanto mais perturbadora por estar emparedada entre estados que se não podiam ser declarados picos de loucura nem por isso deixavam de flertar com a alucinação. Os intervalos em que a mãe lhe dizia coisas de bom senso eram momentos de alívio passageiro que ao mesmo tempo anunciavam o pior, dando ao filho termos de comparação para pensar que na maior parte do tempo ela estava aprisionada, alguém lhe roubara a razão e a obrigava a seguir apenas o roteiro do seu pior papel. Porque, na demência dela, ele podia reconhecer suas piores qualidades. Havia sido uma mulher irascível, implicante e irracional quando ainda gozava de todas as faculdades mentais. Na demência, já não era ela e ainda era. E por seguir sendo ela, reconhecível sob a loucura, o pior dela continuava a tirá-lo do sério. Além do trabalho, que ele procurava cumprir a contento, virado para a parede, cabia a ele resolver os problemas práticos que aquela mulher, antes tão ativa, expedita e autoritária, agora era incapaz de compreender, por mais simples que fossem. Compreendia que eram problemas simples e que já não era capaz de resolvê-los, e a compreensão da impotência, por mais fugidia que fosse, só a enlouquecia mais. Na demência, continuava voluntariosa. Num dos seus lapsos de consciência, quando parecia voltar por alguns instantes a quem havia sido, ela lhe disse: "Vai se preparando, vai chegar a sua vez". Ela podia ter perdido a diligência, mas não o sentido de fracasso que a atormentara desde sempre por não ter conseguido fazer da vida o que tinha sonhado. Mais ou menos irrefletidas ao longo de toda a sua vida racional, suas reações precipitadas às contrariedades só viriam a afastá-la cada vez mais daquele ideal, num círculo vicioso em que a irritação talvez não tivesse passado, inicialmente, de um anteparo contra a depressão. Foi uma mulher atirada, sobretudo na raiva. Era provável que não tivesse tido escolha, que não pudesse ter sido diferente. E por isso precisava punir-se, descontando em quem estivesse por perto. Sempre viu no filho uma sucursal de si mesma. Ao provocá-lo, era a si que visava na verdade, por seus erros. E ao tentar fazê-lo corresponder a um ideal que não era o dele, pedia-lhe a compreensão pelo próprio fracasso. Nessa relação, obviamente, não havia saída para nenhum dos dois. O afastamento lhes permitiu pelo menos algum tipo de cerimônia, que ela suportava menos bem do que ele, inconformada com mais aquela derrota. A demência manteve e agravou o inconformismo na reação irracional ao destino que agora era tanto mais inexorável. Inconformismo e medo se contrabalançavam, alimentando a raiva que devia mitigá-los. Talvez tivesse sido sempre assim, só que no passado o inconformismo havia dissimulado o medo que agora a dominava claramente.

Era sempre quando ele se refugiava em seu cantinho de frente para a parede que a mãe se aproximava para lhe falar de coisas que ela não entendia ou não lembrava e que ele podia já ter lhe explicado na véspera, naquela mesma manhã, meia hora antes ou até menos. Aos poucos aprendeu a lidar com o esquecimento dela, que se misturava com o desentendimento e o delírio. A demência despontara anos antes em manifestações pontuais e esparsas, que foram se tornando recorrentes com o tempo, revelando talvez uma lógica oculta na repetição, que ele demorou para entender. Com o aumento da frequência dos lapsos de memória, percebeu que havia gatilhos capazes de disparar o delírio da mãe. Por exemplo: sempre que o nome de uma amiga de infância dele vinha à baila, ela imediatamente se lembrava de uma viagem que nunca fizera, no avião do cunhado da moça. As características da viagem conferiam à lembrança um tom fantástico e inverossímil, do qual ela só se dava conta no final, quando, confusa e envergonhada, não conseguia atar numa conclusão os fios soltos. Bastava ouvir o nome da amiga de infância do filho para se lembrar da viagem que fizera no avião que transportava os cavalos do cunhado da moça entre Miami e Buenos Aires. Dizia que o cunhado lhe oferecera uma carona em seu avião particular e que, por gentileza, fizera uma escala no Rio, expressamente para desembarcá-la.

Nas primeiras vezes, quando ele tentava dissuadir a mãe, fazê-la entender que a irmã da amiga de infância nunca fora casada com argentino nenhum, ela retrucava irritada, dizia que não era louca, sabia o que estava dizendo, e seguia tentando convencer-se de suas lembranças e da certeza de deter a verdade. Com a recorrência da mesma lembrança e da mesma cena ao longo dos anos, passou a se retrair assim que a contradiziam, confusa e incerta de sua memória. Ali começavam os sinais da perda. E isso ela entendeu sozinha, calada diante do irremediável.

O irremediável se instalou em episódios aleatórios no início, tornando o quadro mais enganoso e aceitável, por ser ocasional para quem assistia de fora e de longe, sem querer entender, como ele. Não testemunhou as primeiras mudanças súbitas de comportamento, os ataques de fúria contra as acompanhantes (as três tiveram sua cota de injúrias, em alternância), pelas razões mais insustentáveis, da clássica acusação de roubo de joias até a suspeita de uma conspiração para envenená-la. Na maioria das vezes, esquecia-se das acusações no dia seguinte. A frequência dos ataques, contudo, aumentou sensivelmente no começo da pandemia, tornando o quadro de demência incontornável até para o filho. A licença às três cuidadoras nas primeiras semanas da quarentena, com o único intuito de protegê-la, evitando maiores riscos de contágio, terminou por inflamar suas suspeitas de que tinham fugido e que fora vítima de uma esparrela.

A cena se repetia diariamente. Quando não era no almoço, ela reservava o jantar para retomar o assunto do qual ele a dissuadira na véspera. Queria ir à delegacia prestar queixa contra uma das acompanhantes, quando não contra as três. Era natural que, assim que terminava de tirar a mesa e lavar a louça, o filho se recolhesse ao seu canto, virado para a parede onde ela não podia ver seu rosto, pusesse os fones de ouvido com a desculpa de um trabalho urgente, que precisava entregar no dia seguinte, fechasse os olhos e tentasse se acalmar com a ajuda de uma música qualquer, de preferência uma melodia fácil e triste.

Seu trabalho consistia em algo cada vez mais inacessível para ela. Mesmo quando se punha atrás dele, como chegou a fazer com alguma frequência no início, propondo-lhe que usasse o quarto dos fundos como escritório, antes de ele lhe dizer que não conseguia trabalhar assim, ela já não percebia sentido algum no encadeamento das frases que ele digitava no computador e que ela enxergava sem a necessidade de óculos, graças à operação de catarata. Intuía que a desconexão fosse da mesma ordem dos debates na tv. Entendia as notícias, não os comentários. E mesmo as notícias, ela as esquecia em questão de segundos. Conforme os artigos de jornal foram se tornando intransponíveis (pelo entendimento e não pela visão, espantosamente intacta), o mundo também perdeu o interesse. Assim como a sucessão de frases de um texto simples já não lhe dizia nada, ela tampouco parecia entender do que falavam acaloradamente os comentaristas na televisão. Via o arrebatamento, mas só. O mundo estava derretendo, e ela dentro dele. O mundo derretia e seus movimentos também se tornavam mais lentos e viscosos, envoltos pela gosma ilógica do que acontecia ao redor, à sua revelia. Conseguia entender o instante, a notícia, mas não a continuidade, seus desdobramentos. Ela queria parar esse movimento, que a aterrorizava, porque a engolia e imobilizava, ao mesmo tempo que a excluía. Tentava chamar o filho, que escrevia frases sem sentido virado para a parede, mas logo percebia que ele também era parte do mesmo movimento. Era o rosto dele que lhe dizia isso, ao virar-se para ela, embora ela não entendesse o que ele estava dizendo. Era natural que se enfurecesse com a impaciência do filho, e o que era inicialmente uma simples pergunta se transformava numa sequência de desentendimentos. A ela só restava retrair-se chorosa, quando ele, sem conseguir disfarçar a irritação, perguntava o que tinha sido dessa vez, tentando consolá-la, de má vontade. Ela suspeitava que ele estivesse sendo irônico quando lhe dirigia, num tom estranhamente complacente, palavras de compreensão. E num instante já não se lembrava de nada. Ele perguntava o que ela queria saber, mas ela já não sabia.

Podia ter a ver com o que estavam dizendo na televisão sobre os índios. O pai dela havia morrido na selva. Os índios o carregaram por três dias numa maca, pela mata, depois de ele ter caído doente com febre tifoide. Chegou morto à cidade. Tinha trinta e quatro anos. Ela era uma menininha. Não o conheceu. Ele não a viu nascer. E ela não o viu morto. Engatinhava quando chegou a notícia da morte do pai. Até bem pouco antes de desentender o mundo, tinha repetido que não ver o pai morto fizera com que passasse a vida a esperá-lo. Esperou dos homens que o substituíssem. Esperou mais de oitenta anos até surgir a oportunidade de visitar o túmulo dele, convidada por uma ONG que o homenageava. Viajou cinco horas de avião, com uma escala, até a cidade onde ele fora enterrado graças aos índios que o carregaram por três dias numa maca. Já não era possível saber quanto havia guardado daquela visita tardia ao túmulo do pai. Dizia que o pai tinha dado o nome à principal avenida da cidade onde fora enterrado, mas bastou ele tentar confirmar a versão da mãe no Google Maps, para deparar com um caminho de terra pontuado por poucas casas entre terrenos baldios ao longo de um rio marrom e caudaloso.

Havia uma estranha correspondência entre o estado da mãe e a pandemia, que ele só notou quando ela deixou de compreender os filmes que viam juntos na televisão. Entendia cenas separadas, como as notícias, mas não havia meios de fazê-la seguir o fio da meada. Faltavam-lhe as conexões. Justificava-se dizendo que tinham perdido o início do filme. Aos poucos foi se desinteressando das histórias que já não faziam o menor sentido para ela. Entendia o que estava vendo, o instante na tela, mas não o nexo. Os filmes se tornavam incompreensíveis pelo esquecimento quase que imediato das cenas precedentes. Não havia possibilidade de construir um personagem. A narrativa se convertera numa forma de resistência opaca, um enigma, uma adivinha a que, presa nesse estado instantâneo do qual o passado fora obliterado, ela já não tinha acesso.

Passou o fim de seus dias travando, no computador e no celular, batalhas que se resumiam a um jogo de ações cegas e casuais, tendo Deus como adversário invisível. Suas ações ilógicas submetiam-se à aparente imprevisibilidade das respostas que as máquinas lhe enviavam, reações mecânicas que, mais cedo ou mais tarde, terminavam em xeque-mate, bloqueando seu acesso ao mundo de sentido escondido atrás da tela. Era quando ela o chamava para ajudá-la a destravar o computador ou o celular, sem saber explicar o caminho que tomara para chegar ao impasse. A sucessão de atos impensados e suas consequências, que a ela pareciam misteriosas, repetindo-se quase que de hora em hora, era mais uma provação para a paciência do filho. Talvez por reproduzir, no contexto da demência, a mesma intempestividade com que ela havia se atirado ao mundo e quebrado a cara. A ele restava decifrar a charada intricada de uma série de atos irrefletidos e inconsequentes que apenas ela conhecia, sem ter consciência deles.

Foi numa dessas vezes, quando a impossibilidade de refazer o caminho a contrapelo o confrontou novamente com sua impotência diante da mãe que perdia a cabeça, quando ele deixou o rosto cair entre as mãos, controlando-se entre o choro e o ataque de nervos, que ela lhe contou a história pela primeira vez.

"Guardei uma foto que eu queria que você visse. É por isso que eu estava tentando abrir o computador. Está na pasta de imagens", ela disse.

"Bom, primeiro vamos ter que descobrir como fazer para o computador funcionar, certo?", ele respondeu, sem conter a irritação.

"Foi pra isso que eu te chamei."

Enquanto ele tentava descobrir ao mesmo tempo o problema e a solução, ela seguia falando ao seu lado, descrevendo tudo o que aparecia na tela graças às ações dele, para alertá-lo, como se se dirigisse a um cego.

"Estou vendo, mãe. Sou eu que estou fazendo isso."

"Não precisa me tratar assim. Não mereço suas grosserias. Você sempre foi muito impaciente. Não pode fazer um esforço, pelo menos agora, com sua mãe velha, que vai morrer?", ela disse e começou a chorar.

Depois de várias tentativas frustradas, ele conseguiu abrir o programa, mas com a área de trabalho reduzida a um quadrado no meio da tela.

"Assim é pior", disse a mãe, que a essa altura já tinha parado de chorar e enxugava o rosto com a mão.

"Sim, é muito pior, mas foi o jeito que eu encontrei pra você poder usar seu computador. Depois a gente chama um técnico."

"Eu quero te mostrar a foto", ela insistiu, agora num tom amuado de resignação forçada, deixando claro que os esforços do filho ficaram muito aquém de suas expectativas.

Contendo-se, pelo que reconhecia de uma relação viciada que vinha desde a infância, ele procurou em silêncio a foto nos arquivos da mãe. Não foi difícil achá-la, era a última imagem que ela salvara. Era uma foto em preto e branco, na qual ela aparecia sorrindo, com blusa e calças claras, lançando para o alto um bebê careca, com macacão, também sorrindo. Era uma cena extática, em que mãe e filho pareciam compor um corpo único e feliz. A promessa do que podia ter sido, quando o futuro ainda era uma incógnita. Ele não conhecia aquela foto, como era que nunca a tinha visto?

"Quantos meses tenho aqui?"

Ela se manteve em silêncio ao lado dele, fitando a tela.

"Onde é isso?", ele insistiu e, sem resposta, virou-se para a mãe.

Ela parecia estranhamente desconfortável, constrangida. Mantinha os olhos na tela do computador, evitando o olhar do filho, como se ele não estivesse ali.

"Não é você", ela disse enfim.

15.

"E aí?", o enfermeiro perguntou.
"E aí, nada."
"Era quem na foto?"
"Meu irmão gêmeo."
"Estava esperando uma revelação. Achei que você fosse nos contar uma história extraordinária."
"Só que eu não tenho irmãos."
"E o da foto?"
"Foi uma revelação para mim."
"Você não tem um irmão gêmeo?"
"Não que eu soubesse. Não tenho irmãos. Quer dizer, achava que não tinha. Até ali."
"Peraí..."
"Foi o que eu disse a ela. Perguntei onde ele estava e ela respondeu que tinha dado meu irmão para ado-

ção, pouco depois daquela foto, quando meu pai a abandonou, porque não tinha como criar dois filhos sozinha. Teve de escolher entre os dois."

"E onde está ele agora?", precipitou-se a companheira de espera, a curiosidade falando mais alto que a impaciência, enquanto o filho brincava entre suas pernas.

"Foi o que eu perguntei, mas ela se levantou, foi pro quarto e nunca mais tocou no assunto."

"Você não insistiu?", ela insistiu.

"Várias vezes."

"E aí?"

"Ela não ouvia, respondia outra coisa. Não sabia do que eu estava falando. Nunca mais falou naquilo."

"Você acha que era você na foto?"

"Foi o que eu pensei no começo."

"Claro, ela pode ter inventado, se confundido, não sabia mais o que tinha dito."

"Eu também quis acreditar nisso, seria o mais plausível, mas depois a história foi ganhando mais espaço na minha cabeça, começou a me atormentar. Eu não conseguia me livrar daquilo, não conseguia dormir, acordava no meio da noite."

"Tá na cara que ela inventou ou se confundiu. É supernormal isso acontecer, ainda mais nesse grau de demência. Meu pai também ficou assim, eu sei como é", ela argumentou.

"Eu também sei, mas aquilo ali foi uma semente. Ela plantou uma dúvida."

"Por que você não foi atrás da história?"

"Eu fui."

"E?"

"E nada."

"Não achou nenhuma pista?"

"Nada."

"Não tinha nada na casa dela? Nenhuma outra foto? Algum documento?"

"Nada."

"Sinal de que ele não existe", o enfermeiro sentenciou.

"Quem é que te garante?"

"Por que você não perguntou pra algum parente?"

"Não sobrou ninguém."

"Uma irmã dela? Um irmão?"

"Ninguém."

"Seu pai?"

Ele sacudiu a cabeça: "Morreu faz cinco anos".

"Não é possível não haver um rastro, se esse irmão existir de verdade."

"Foi o que eu me disse. Quando ela morreu, fui atrás. Procurei o cartório onde estou registrado."

"E?"

"Nada. Procurei algum vestígio de doação. Nada."

"Vocês teriam que ter sido registrados juntos."

"Cheguei a pensar até que ela tivesse matado a criança."

"Não! Claro que não! Outras pessoas saberiam na época, ela teria sido presa."

"É, eu sei. Fiz um levantamento em tudo o que é tabelião, nos arquivos da polícia."

"Sinal de que era só produto da demência dela."

"É possível. Mas aí comecei a comparar minhas fotos daquela época e comecei a achar que não era eu em todas elas, não era a mesma pessoa, mesmo se tratando de gêmeos idênticos..."

"Talvez vocês não fossem univitelinos. Talvez não fossem gêmeos."

"Exato. O que confirma a diferença que eu via de uma foto para outra, como se não fosse a mesma pessoa, como se não fosse eu em todas elas."

"Você estava crescendo, a mesma criança em momentos diferentes."

"Não, não. Era outra pessoa."

"Olha só. Você estava passando por um momento difícil, sozinho com sua mãe durante a pandemia. Estava psicologicamente abalado, aproveitou pra embarcar numa fantasia que te aliviava, porque você queria um irmão naquela hora, certo?"

"Cheguei a achar que estivesse enlouquecendo, tanto que parei de procurar. Mas depois da morte dela, a obsessão voltou mais forte."

"Como assim?"

"Eu não conseguia pensar em outra coisa. Nem em casa nem no trabalho. E na rua volta e meia eu via meu irmão. Cheguei a ir atrás de estranhos. Um cara chegou a chamar a polícia."

Ela e o enfermeiro se entreolharam por um segundo. Não sabiam o que dizer. Ela teria preferido que ele parasse de contar, que a história terminasse ali, tanto que não fez mais perguntas. O filho brincava com as formigas na terra a seus pés. Ela o puxou de volta para a mesa, tentando atrair sua atenção para uma casa que ela formava com palitinhos de fósforo sobre o tampo de cimento, mas nada era capaz de distraí-lo dos insetos.

"E aí?!", o enfermeiro perguntou, na falta do que dizer.

"Bom, eu me desculpei, disse que tinha me confundido."

"Que medo, hein?"

"É, eu sei. Só pra dar uma ideia do estado em que eu estava. Até que ouvi falar do sobrevivente."

"Como é que ele vai te ajudar se ele não vê o passado?"

"Pelo que vocês contaram, é a mesma coisa com vocês. Vieram resolver um problema que já existe. Não têm a solução, mas querem saber qual vai ser o desfecho."

"Certo", o enfermeiro continuou. "O desfecho tem sempre algum poder de revelação retroativa. Você quer saber se vai encontrar seu irmão. Se não for encontrá-lo, não tem por que continuar procurando. Mas isso não quer dizer que ele não exista."

O homem de bigode ferrugem entrecortava as frases, sôfrego, manifestava os efeitos da obsessão na própria voz. Era como o que restava da passagem de um tufão. Uma revelação que não correspondesse a suas expectativas bastaria para desmontar o pouco que se mantinha em pé. Tinha projetado o futuro na figura improvável de um duplo, um irmão idêntico.

Ela pensou que a presença daquele homem ali era ao mesmo tempo um ultimato à vida e um suicídio. O enfermeiro seguia lhe fazendo perguntas com a curiosidade profissional de um repórter, tentando sugar da história do entrevistado o sentido que faltava à sua. Ao contrário dele, não tinha por que temer uma revelação. Qualquer que fosse, teria efeito de renovação e renascimento. A vida do enfermeiro não tinha nenhum interesse. Qualquer coisa que o sobrevivente lhe dissesse seria pretexto para retomá-la em outros termos, numa interpretação livre. "E se ela te falou sobre um suposto irmão pra você entender o que é viver o instante sem conseguir juntar os fios desencapados de uma narrativa, pra te pôr no lugar dela? Todos estamos aqui por uma narrativa."

Os três ficaram em silêncio. E foi o enfermeiro que, na sua inconveniência habitual, quebrou-o mais uma vez, agora dirigindo-se ao menino no chão, a propósito das formigas com as quais ele brincava, como se iniciasse uma fábula sobre a obstinação: "Você sabe que elas fazem sempre a mesma coisa, sem saber que estão fazendo?".

"Acho que ele ainda não tem idade pra aprender a lição", a mãe respondeu, exasperada com o colega de mesa e de espera. Logo ela, que não parava de dizer ao filho as coisas mais inconvenientes para sua idade.

VII. A primeira palavra

16.

Ao redor da casa havia uma varanda com colunas brancas e chão de cimento queimado, tingido de vermelho. Estava vazia. Quando o menino quis brincar ali, um homem de branco pediu à mãe que o retirasse, só os autorizados se aproximavam da casa enquanto o sobrevivente estava em consulta. A ordem vale até mesmo para uma criança que ainda não fala, o homem retrucou, irritado com os argumentos da mãe.

Meia hora depois, um homem alto, grisalho, saiu da casa, com expressão de espanto, enquanto ela tentava convencer o filho, que ameaçava uma cena, a voltar para a mesa e para as formigas. Apesar de aparentemente transtornado, ao ver a dificuldade da mãe, o homem fez uma graça para distrair a criança. O efeito foi imediato. O menino interrompeu a pirraça na hora, para prestar atenção no que o estranho lhe propunha.

"Parece que foi mais difícil aí dentro", ela brincou, agradecida.

"Não entendi bulhufas do que ele disse", o homem respondeu, enquanto entretinha o menino.

Ela achou graça e os dois riram juntos.

"Disse que a matemática pode explicar o mundo confinado onde estamos, mas não é uma saída, porque é parte deste mundo", o homem desabafou.

"O que ele quis dizer com isso?"

"Também não sei."

"Que a matemática é chover no molhado?"

"Talvez."

"Um pleonasmo?"

"Talvez quisesse dizer que ela gira em falso num circuito fechado. O detalhe é que estudo curvas epidemiológicas. Sou matemático. Ele não. Não faz ideia do que está dizendo."

17.

Ela era a próxima. Fez questão de entrar com o filho. O interior da casa era uma única sala branca, vasta, ofuscante. Era possível que o efeito viesse também da espera. A fantasia pelo cansaço. Foi o que tentaram fazê-la compreender seus companheiros de mesa com suas histórias. A expectativa leva os visitantes a encontrar o que foram buscar, permite que vejam além do que estão vendo, que ouçam o que bem entenderem. A figura hierática do homem negro, isolado no fundo, vestido de branco, compunha a distinção geral do ambiente, como se estivessem entrando no Céu e fosse Deus a recebê-los. Três homens e duas mulheres, todos brancos, vestidos de branco, acorriam ao menor gesto do sobrevivente, e se retiravam com vênias assim que faziam suas vontades. Depois da quarentena, racismo e assepsia se confundiram de modos extravagantes, mas também o vírus, como toda ameaça invisível, conquistou um lugar sagrado. Se havia naquela sala algum sentido de sacrifício, estava dissimulado pelo branqueamento geral que entretanto não foi capaz de enganar o menino, de olhos arregalados desde a entrada. Assim que o sobrevivente se dirigiu à mãe, abaixando a cabeça e dizendo-lhe um segredo no ouvido, depois de fazê-la chegar mais perto, o menino começou a chorar. Também estava cansado da espera. Exausto. Mas nele o cansaço não produzia miragens. Nada era capaz de aplacar a crise que só aumentou com a proximidade do sobrevivente, que agora se dirigia a ele, para acalmá-lo, com aquela voz de serenidade pastoral, de quem fala a um idiota. E, de repente, como se recorresse a uma força desconhecida e endemoniada, em que se engajavam todas as fibras do seu pequeno corpo, o menino falou pela primeira vez. Era mais uma espécie de convulsão do que propriamente fala, como se até então as cordas vocais tivessem estado inertes, adormecidas, e afinal acordassem sacudidas pela urgência da ocasião. Para surpresa de todos, e em especial da mãe, que havia esperado aquele momento cheia de preocupação e culpa, a primeira palavra do filho não foi um monossílabo, uma onomatopeia ou uma frase simples e familiar. Ele não disse "mamãe", não pediu água. A princípio tiveram dificuldade de o entender. Não era o que se esperava de uma criança. O sentido do que dizia não cabia em sua boca. Mas os sons a princípio desarticulados ganharam forma e entendimento na repetição. Como se associasse uma situação a outra, fazendo corresponder ao horror daquele instante a palavra que ouvira a última vez que se sentira assim, confrontado com uma ameaça sem sentido; como se puxasse as sílabas do fundo da alma e da memória, ele disse: "Canalha!". Uma única vez teria se prestado ao mal-entendido e ao esquecimento. Mas não. O menino repetiu a mesma palavra, sem parar, com a convicção da lembrança, como o coro que ouvira no colo da mãe, na beira da estrada, até que retirassem os dois da sala. "Canalha" foi a primeira coisa que o menino disse na vida, como o eco daquela cena absurda no acostamento, associada ao horror da incompreensão diante do que devia ser óbvio mas permanecia invisível. É possível dizer que sua vida tenha começado ali? Talvez. O fato é que a partir dali ele começou a lembrar.

Também o sobrevivente voltou a lembrar ali. Ou foi o que disseram seus assistentes aos que esperavam do lado de fora, debaixo dos jatobás, procurando acalmá-los, em vão. "Voltou a lembrar, já não pode predizer o futuro", diziam, exortando-os a ir embora. "Lamentamos, pedimos que voltem a suas pousadas, a suas cidades e a suas casas. Todos serão reembolsados. Lamentamos, o sobrevivente voltou a lembrar, já não pode predizer o futuro." Como se passado e futuro fossem incompatíveis. Ela e o filho já estavam longe dali quando os revoltados, despertando da modorra da espera, afinal invadiram a casa de consultas e a encontraram vazia, no silêncio absoluto e sinistro da sua alvura.

Todas as sessões foram canceladas depois daquele dia. Dizem que a última coisa que o sobrevivente disse antes de sumir foi "Lembrei!", sua última palavra antes de levantar e ir embora sem dar satisfações a ninguém. Dizem que desapareceu e que as sessões foram canceladas por causa de uma criança racista.

Muitos anos depois essa criança escreveu a história da viagem que fez com a mãe, quando ainda não falava, para ver o futuro. Nunca soube exatamente o que o sobrevivente disse à mãe, e que a levou às lágrimas. O sobrevivente abaixou a cabeça e sussurrou algo no ouvido dela. A expressão da mãe se iluminou no mesmo instante em que seus olhos se encheram de lágrimas, sem que desse para distinguir entre o horror e o êxtase na luz ofuscante da sala. E então o menino falou, pela primeira vez, para espanto da mãe e dos outros, que assistiam o sobrevivente, admirados por razões diferentes das que a moviam, é claro, paralisada diante do milagre.

Foi a mãe que lhe contou a viagem antes da primeira palavra. Foi ela que lhe contou a cena da primeira palavra — e se agora parece mais estranha que a realidade, é porque quem não lembra imagina.

Quando voltaram para casa, ele começou a receber cartas do pai, que a mãe lia para ele aos domingos. Nas cartas o pai lhe contava sua luta, explicava a razão de ter desaparecido e dizia que sonhava um dia poder conhecê-lo. Só muito depois ele descobriu que a mãe publicava as cartas num jornal, numa coluna semanal intitulada "Cartas ao filho", que ela mesma escrevia e assinava com o nome do pai. Um dia, ela também desapareceu, mas nunca mandou nenhuma carta. As cartas que havia publicado no jornal e lido para ele aos domingos respondiam por antecipação as perguntas que ele faria no dia em que ela já não estivesse ao seu lado.

Desde então, toda vez que estourava um foco da resistência, ele corria para os noticiários, mas ela nunca estava entre os presos e os mortos. Desligava a TV, com o coração na boca, cheio de esperança de que ela estivesse viva e que voltaria quando pudesse imaginar de novo o futuro. Enquanto isso contava com o que ela lhe dissera sobre o tempo antes da primeira palavra, quando o mundo era só um instante e ainda não tinha a forma de uma narrativa.

ESTA OBRA FOI COMPOSTA PELO ACQUA ESTÚDIO EM MERIDIEN
E IMPRESSA PELA LIS GRÁFICA EM OFSETE SOBRE PAPEL PÓLEN BOLD
DA SUZANO S.A. PARA A EDITORA SCHWARCZ EM MAIO DE 2021

A marca FSC® é a garantia de que a madeira utilizada na fabricação do papel deste livro provém de florestas que foram gerenciadas de maneira ambientalmente correta, socialmente justa e economicamente viável, além de outras fontes de origem controlada.